光文社文庫

# 今はちょっと、ついてないだけ

伊吹有喜

光　文　社

目次

今はちょっと、ついてないだけ

名古屋近郊にある病院の中庭で、携帯電話の撮影機能を呼び出そうとして、立花浩樹《たちばなひろき》は戸惑う。

この操作でカメラになるのだろうか。携帯電話としては長く使っているが、通話とメール以外の機能をこれまで使ったことがない。

うららかな日差しのなか、沖合から船の汽笛が響いてくる。港近くにあるこの病院には浜風が強く吹き付けるが、建物の中庭にいると静かで暖かい。

突然、携帯電話の液晶に自分の足が映りこみ、立花は驚く。試しにカメラのマークがついたボタンを押すと、シャッター音がした。

これで撮れているんだろうか？　不安に思ったとき、大きな声がした。

「ちょっと何？　そんなカメラで撮るの？」

顔を上げると、よく日に焼けた小柄な男が近づいてきた。東京で映像関係の仕事をしているという男で、淡い黄色のセーターに茶色のスエードのブルゾンを着ている。自分と同じく四十代だと聞いているが、身のこなしも服装もたいそう明るく軽やかだ。

目の前に立った男が顔をしかめた。

「ねえ、それって携帯だよね。まさか次世代型ニュー・カメラなんてことないよね。というか、スマホですらなくない？」

「事情がありまして」

「事情ってさあ」

ひときわよく通る声でそう言って、男は親指で背後を指差した。その先には大きなクリスマスツリーがあり、白髪をきれいにまとめた老婦人が車椅子《くるまいす》に座っている。

「うちのおふくろがプロのカメラマンに写真を撮ってもらうっていうからさ、俺、てっきり、ちゃんとしたカメラで撮ってもらうのかと思ったよ。第一、携帯で撮るなら、俺のスマホで撮ってくれた方が話早くない？」

すみません、とつぶやいて立花はクリスマスツリーのほうを見る。

白髪の老婦人は宮川静枝《みやがわしずえ》と言い、立花の母が入っているこの病院の二人部屋で、奥のベッドに寝ていた人物だ。療養中は浴衣《ゆかた》のような寝巻き姿でいたが、退院する今日は白のレースのブラウスと紺のスカートを穿《は》き、ほんのりと化粧をしている。

目が合うと、静枝が微笑《ほほえ》んで会釈をした。会釈を返すと、男が振り返って母親の静枝を見た。

なんの事情か知らないけど、と言いながら、男がこちらに目を向ける。

「写真家なら機材を選んでよ」

「何言ってんだね！」

背後から自分の母親の声が響き、立花は軽くうなだれる。

気っ風《きっぷ》の良い漁師町育ちのせいか、母の声はたいそう大きくて威勢がいい。

「お母さん、宮川さんのところに行っててよ」

「ああ、そのつもりだけど」

車椅子を器用に操った母が男の前に出た。

「その前に一言。あんたね、うちの浩樹はお金を取るんじゃないんだから。この子はボランティアなんだから」

に、したってさ、と男が言いかけると「に、したっても何もない」と母が切り返した。

「あんたのお母さんが、うちの浩樹が昼間に見舞いに来るのを不思議がるからさ。失礼だね、うちの子は写真家だ、勤め人とはちょっと違うんだよって教えてやったら、じゃあ退院するときはぜひ自分を撮ってくれって言ったんだよ。こっちはね、好意で撮ってるんだから」

「お母さん、そういう話はやめようよ」

「そういう話じゃなきゃ、何を話すんだい。いいか、浩樹、でっかい図体《ずうたい》して、あんたは押しが弱すぎる」

じゃあ何か？　と男が軽く言った。

「金を払えばいいわけ？」

男がブルゾンの内ポケットから黒いクロコの財布を出した。男の顔と同様、照りのある革だ。

「払いましょ。そうしたらちゃんと撮ってもらえるのかな？　遺影にもなるような立派なやつを」

やめましょうよ、と制したら、こちらを見ている老婦人と目が合った。少女のように微笑まれ、立花は思わず声をひそめる。

「……そんな縁起の悪いことを」

聞こえないさ、と男が足元に目を落とした。

「耳が遠くなったから」

「ああ嫌なこと言うね、この罰当《ばちあ》たりが」

憤然《ふんぜん》とした顔で母が車椅子を操作して建物へ戻っていく。

浩樹、と呼ばれて振り向くと、母が銀色のアルミケースを膝《ひざ》にのせていた。カメラと機材が入っている箱だ。

「いいよ、浩樹、遠慮無く撮りな。あんた、子どもの頃みたいにフィルム代とか現像代とか気にしてるんだろ。いいよ、そんなの。気にしなくていいんだよ、お母さんが出すから」

「金の問題じゃないって」

母のそばに駆け寄り、立花はアルミの箱を手にする。ずしりと重い。

「そもそもこれ、どこから持ってきたんだよ」

「あんたが忘れてきたっていうから、春恵《はるえ》ちゃんに頼んで取ってきてもらった」

内職仲間の名をあげ、母は得意げに笑った。

「物置の一番上にある缶のなかに合い鍵が入っているからさ、それを使って、とにかくなんでもいいから、二階の押し入れに銀色の箱があったら持ってきてくれって頼んだ。そしたら、部屋のまんなかにドカッとこれが置いてあったって。なんでそんなの忘れてきたん？」

「人の部屋に勝手に他人を入れるな」

「盗《と》られるもんなんてないだろ？　見られて困るものでもあるのか」

「ないけど」

「なんだよ。じゃあ、やっぱ金の問題？」

男が舌打ちをした。

「もういいよ、撮影なんて。俺、早く東京に帰りたいし。やめましょ、撤収、撤収、撤収」

胸の前で両腕を交差させて×印を作ると、男がクリスマスツリーの下にいる母親の方に歩いていった。その後ろ姿を立花は携帯のカメラで撮ってみる。保存という表示が出たので、操作をして眺めた。

これがデジタルの力か。こんな小さな機器でもずいぶんと色が鮮やかだ。

男が腰をかがめて、静枝の耳元で話をしている。おふくろ、と自分の母のことを呼び、ぞんざいな口調だったわりに、やさしげな眼差しだ。

静枝と話をしている男を続けて撮ってみる。

シャッターが下りているわけでもないのに、それらしい音がする。ここ十数年、一枚も写真を撮っていないのに、写真家と思われている自分のようだ。

もっとも、写真家だと思っているのは、母だけだろうが――。

うしろから母の内職仲間、春恵の声がした。

「昭子《あきこ》さん、浩樹君のカメラ、それで間に合《お》うたん？」

「間に合うたと思うよ、ありがとうね」

「よかったあ、ほんなら私、帰るわ。またお見舞いに来るね」

春恵を見送りにいくのか、母が建物に戻っていく。本来なら、母とともに行き、礼を言うべきだ。しかし無断で部屋に入られ、荷物を持ち出されたことは感謝よりも不愉快な気持ちのほうが強い。

母と春恵に背を向けたまま、立花は歩き出す。少し立ち位置を変え、ツリーの下にいる静枝と男を携帯のカメラで撮ってみる。

車椅子の静枝の膝から白いブランケットがずり落ちた。かがんでそれを拾うと、男が地に膝を突いたまま何かを言い、静枝に渡した。

ブランケットを手にした静枝が息子にやさしく微笑んでいる。白い布がレフ板のような効果を上げ、顔の陰が一気に吹き飛んだ。

きれいな人だと思いながら、立花は携帯のカメラを操作する。

母より一足先に入院していたこの老婦人は住宅街にある公民館で書道教室を開いており、その帰りに転倒して足を骨折したのだという。命に別状はないが、その影響で持病が少々悪化して入院生活が長引いていたらしい。

かつて勤めていた魚の缶詰工場の仲間と飲みにいき、カラオケスナックの階段から落ちて入院した母とは、同じ足の骨折とはいえ、まるで正反対のタイプだ。しかし母の声は静枝の耳にはっきりと届いて聞き取りやすいそうだ。いつの間にか二人は打ち解け、よく話をしていた。

その母から聞いた話だと、今日現れた男は静枝の一人息子で、東京で妻と娘とともに暮らしているそうだ。忙しいということで、立花が知る限り、東京の身内は誰一人として静枝の見舞いに来たことはない。ところが静枝はそれほど寂しそうでもなく、ベッドのそばにたくさんの写真を並べていつも楽しげに眺めていた。写真のほとんどは、バレエを習っているという十九歳の孫娘のもので、容姿が整っているうえに海外へ留学に行っていたりと、華やかな経歴を持つ娘らしい。

孫のいない立花の母はそうした話ができず、代わりに自分の息子はその昔、東京に大きなスタジオを持ち、外車を何台も所有していた売れっ子写真家だったのだと話したようだ。普通ならばそんな男がどうして今、東京から遠く離れた片田舎で、パチンコの余り玉で取ってきた菓子をぶらさげ、毎日母親の見舞いに来るのかと思うだろう。

しかし静枝はそんな詮索を一切せず、「息子さんは芸術家なのですね」とたいそう感心していたそうだ。いやみではなく、本当にそう思っているらしく、それ以来、母の病室に行くと、敬意のこもったあたたかい眼差しを向けられるようになった。そうした品の良さが、母には心地よかったのだろう。静枝の退院の日が近づくとたいそう寂しがっていた。

その静枝はクリスマスツリーの下で今も息子と話し続けている。顔を傾けた仕草が愛らしくて、シャッターのボタンを押すと、今度は表情が一気に曇った。そして男に向かって激しく首を横に振り、何かを訴えている。

メモリがいっぱいになったという表示が出たので、そこで撮影をやめ、立花は画像を保存する。

浩樹、とうしろから声がする。

「なんやろ、静枝さん、困ってるみたい」

静枝が息子の腕をつかんで何かを言っている。哀願《あいがん》しているようにも怒っているようにも見える姿だ。

「あまり立ち入らない方がいいよ、お母さん。それより冷えてきたから、部屋に戻ろう」

アルミケースを肩にかけると、勝手に静枝の撮影を決め、強引に機材まで持ってこさせた母に怒りがわいた。しかしこの箱を膝にのせて現れたときの誇らしげな顔を思うと、何も言えない。

黙ったまま、立花は母の車椅子のハンドルに手を伸ばす。

待って、と静枝の声がした。

「待って、立花さん。私たちの写真を撮って、お願い」

その声はとても大きく、中庭じゅうに響き渡った。

お願い、と懸命に車椅子を動かし、静枝が近づいてきた。

「息子が失礼なことを言ったみたいで、ごめんなさいね。なんでもいいのよ、カメラなんて。あなたに撮ってもらえれば……私と息子の写真を撮っていただければ」

静枝を追いかけて車椅子のハンドルをつかむと、男が腕時計を見た。

「もういいでしょう、お母さん。新幹線の時間も近いし」

「でもね、良和《よしかず》。立花さんはとても素敵なお写真を撮る方なの。お母さまに見せていただいたけど、日の出や山や子どもの、本当に、本当に、素晴らしい写真を撮る方なの」

「こういう田舎の写真家は」

失礼、と言って、男がちらりと目線をよこした。言葉以上に仕草も失礼だ。

「誰でも地元の景色や日の出を上手に撮るものですよ」

日の出と言ったってさ、と母が真っ向から男に視線をぶつける。

「うちの子の写真はアラスカやアマゾンだよ」

「アラスカ……アマゾン？」

急に考えこむような顔をして、静枝の息子が頭の先から視線を這わせてきた。その目から逃れたくて腰をかがめ、立花は静枝の耳元でゆっくりと言う。

「宮川さん、写真撮影は今度、あらためて」

本当？ と弱々しく静枝が見上げた。

「でもね、立花さん。年寄りに〝今度〟って言葉はないのよ」

「ああっ！ 思い出した」

母親の言葉をかき消すように、男が声を上げた。

「思い出したよ、立花、俺、思い出した。どっかで会ったような気がしてたんだけど」

男がアルミケースに顔を寄せ、箱の隅に貼られたアルファベットを指差した。

「K．Ｔａｃｈｉｂａｎａ……立花。アラスカやアマゾンって、おたく、ひょっとしてあのタチバナ・コウキ？ ネイチャリング・フォトグラファーの」

その肩書きは昔、名乗っていた。しかし今聞くと薄っぺらくて、死にたくなるほど恥ずかしい。

うわ、なつかしい、と笑うと、男が手を握ってきた。

「ものっすごく、なつかしい。俺ね、好きだったんですよ、あのシリーズ。アラスカでカヌーに乗ったり、北極で犬ぞりに乗ったり。ずいぶんいろんなところ行ってましたよね。見てました」

そうですか、と手を引っ込め、失礼にならぬ程度に立花は横を向く。

その仕草でこれ以上の関わりを拒《こば》んだつもりだった。それなのに静枝の息子はさらに親しげに背を何度も叩《たた》いて、母親たちと一緒に茶を飲もうと言っている。

断りたい。しかし静枝と母がうれしそうに笑っているのを見たら、いやだと言えなかった。

「ネイチャリング・フォトグラファー」という肩書きは二十年前に所属していた個人事務所社長の巻島雅人《まきしままさと》が付けた。ひろき、という名前をコウキと読ませてカタカナで表記するのも彼の発案だった。

漢字の本名、そのままがいいと言うと、巻島は笑って言った。こうした仕事で使う名前は芸名のようなもので、自分の方向性を打ち出す大事な要素なのだという。カタカナの名前は匿名性《とくめいせい》があってミステリアスだし、コウキは〝高貴〟や〝香気〟という言葉にも通じ、タチバナという名字と相性がいいらしい。

自分ではそれほどミステリアスには感じなかったが、巻島自身が牧山正人《まきやままさと》という本名を少し変えて神秘的な雰囲気を作っているだけに、奇妙な説得力があった。

タチバナ・コウキ。今、聞くと自分とは関係ない人のようだ。

話の輪に加わるのがおっくうで、黙ったまま立花は病院の喫茶コーナーで母親たちとコーヒーを飲む。話題はやがて昔、自分が出ていたテレビ番組「ネイチャリング・シリーズ」のことになった。

静枝の息子が名場面だと言って、アラスカの激流下りの話をしている。それはたしかに危険なシーンだったが、実は撮影スタッフのほうがはるかに危ないことをしていた。

いたたまれなくなり、煙草《たばこ》を吸ってくると言って、席を立つ。中庭に出ると、足元から冷えがのぼってきた。

自分の影を踏みながら、ゆっくりとクリスマスツリーへ向かって立花は歩く。冬の日差しを受け、長く伸びた影を見ていたら、いつも黒い服を着ていた巻島のことを思い出した。

社長の巻島は、八〇年代の中頃からプロデューサーと名乗って各種のイベントやパーティを手がけていた男だった。バブルと呼ばれた空前の好景気の勢いにのり、彼の手がけたイベントはどれも豪奢《ごうしゃ》で、人も物も一流だけが集うといわれていた。

その巻島に出会ったのは八〇年代の後半、東京の私立大学にいたときのことだ。当時は探検部に所属して、撮影などの記録を担当していた。部の仲間たちとタクラマカン砂漠を自転車で横断するという企画を立て、スポンサーを求めて大学ＯＢの有名人、巻島のもとに行ったのがきっかけだ。

　企画書だけでは何度連絡しても面会を断られてしまったので、ふと思いたち、これまでの遠征で撮った写真とその撮影に関わるエピソードを本のようにまとめて、事務所に送ってみた。するとその数日後、何の前触れもなく巻島が女性秘書を連れて、大学の部室に現れた。

　長い髪をうしろで結んで、黒いスーツを着た巻島は想像していたより小柄でやさしげな顔立ちの男だった。部の幹部たちと話しているのを遠巻きに眺めていたら、突然、巻島が立ち上がって目の前に来たのをよく覚えている。驚いて見つめ返すと、「あのフォトエッセイの作者は君か」と言って、腕や胸に軽く触れ、再び席に戻っていった。それから秘書にポラロイドで部員全員の写真を撮らせたあと、巻島は帰っていった。

　その五日後、部のなかで一人だけ、巻島の事務所の地下にあるレストランに呼び出された。そしてイベントや現象ではなく、今度は人をプロデュースしたいのだ、と熱っぽく語られた。人をプロデュース。その言葉を思い出し、立花は小さく笑う。

　今なら思う。何様のつもりだ、と。

　しかしカリスマと呼ばれる人物から真っ直ぐに目を見つめられ、誠意のこもった言葉で口説かれて心が動いた。さらに巻島は立花がカヌーや沢登りなどの活動を通して撮った写真と文章を高く評価し、すべてのスキルを磨いて、観光旅行では絶対に行けない秘境の風景、日本の誰もまだ見たことがない光景を詳細にリポートできるのなら、今後の活動を支援したいと申し出た。

その条件は退部だった。探検部ではなく個人のチャレンジを応援したいのだという――。

ため息をつくと、立花は煙草に火をつける。

今の自分の境遇は、あのとき、仲間たちを切り捨てた罰なのかもしれない。

煙をゆっくりと吐《は》くと、静枝の息子がスマホで話しながら中庭に入ってくるのが見えた。気付かれぬようにクリスマスツリーの陰に隠れる。目の前の枝には雪を模した綿と、地球儀をかたどった銀色の玉が下がっていた。

銀色の光を放つ小さな地球儀を眺める。

アラスカ、北極、アマゾンの奥地、タクラマカンの砂漠にチベットの山々。

かつて仲間たちと行きたいと望んだ地には『ネイチャリング・フォトグラファーのタチバナ・コウキ』が秘境の撮影旅行に出るという設定で、テレビの撮影チームとともに赴《おもむ》いた。その旅のすべては『ネイチャリング・シリーズ』と呼ばれる特別番組としてテレビで放映され、撮った写真と日記は番組終了後にフォトエッセイとして出版された。さらには旅の間に使うアウトドア用品や衣類も『Ｋｏｕｋｉ』というオリジナルブランドとして発売され、モデルの真似事のような仕事も入ってきた。

英語とフランス語も話せる知性派タレントと、『パートナー』として同棲《どうせい》を始めたのもその頃で、当時、連載を持っていたメンズファッション誌に二人で登場したり、白金《しろかね》にあったスタジオ兼自宅の訪問取材などを受けたりしていた二十代半ばが、人生の絶頂期だったのかもしれない。

しかしバブルが終焉《しゅうえん》し、その残り香も完全に消えたとき、すべてが変わってしまった。番組のスポンサーは手を引き、写真家としてのオファーも途絶えた。どんな形でもいいから働かせてほしいと言っても、仕事を回してくれる人はいない。恋人は去り、払い終えていない豪奢な調度品の支払いに追われる日々が続いた。そして最後に巻島が事務所に多額の負債を残して、自己破産をした。

負債はすべて連帯保証人であるタチバナ・コウキにかかり、車や家を売り払っても返せない。家具も衣類も換金できるものはすべて金に換えたが、払いきれずに残った負債が三千万円近く。住む場所を失い、身体《からだ》ひとつで逃げるようにして田舎に帰り、それからの十五年は借金返済に費やして生きてきた。

煙草を足で消しながら、立花は靴に目を落とす。

この靴は恋人だった知性派タレントが革のなめし具合にまでこだわってイタリアのブランドに特注したものだ。誕生日のプレゼントとして彼女から贈られたときの思い出がなつかしく、古びてしまった今も、ときどき大事に履《は》いている。

小さな含み笑いが聞こえた。その響きが不快で顔を上げる。

静枝の息子がツリーの前に立っていた。

「オシャレですね。やっぱ年季入ってますよ、コウキさん。冬でも元気にハダシ履き」

男が親しげに微笑みかけてきた。

「やっぱ、ビットモカシンは素足じゃなきゃね。トッズのドライビングシューズとかいろいろ出ましたけど、やっぱハダシ履きならグッチですよね」

「グッチではないんですよ」

一瞬、男はしらけた顔をしたが、すぐに笑みを浮かべた。

「そのオイルライターも超なつかしい。たしか有名メーカーとのコラボでしたっけ」

「当時はそんな言葉はありませんでしたが」

「風にも消えないコウキ・ライターとかナントカ言われてましたよね。コラボしなくても、もともとそれが売りのライターだったけど」

「吸いますか」

黙らせたくなり、立花はポケットから煙草を出す。

娘が生まれたときにやめたのだと男が断った。つまらない男だと思いながら、煙草をポケットに戻す。

「どこでしたかね、昔、どっかの川べりでそのライターのあかりひとつで木を削っていたのがすごく格好良かった」

「演出ですよ」

「わかってますって、そんなこと。でもね、大河をカヌーで一人で下って、釣りをして、たき火をして、料理作ってウイスキー飲んで。最初のうちはコーヒーなんですよね、たしか。それで激流を越えたりすると、ごほうびにスキットルで酒をあおる。くーっ」

酒好きなのか、感に堪《た》えないという声を男が出した。

「あれがたまんなく美味《うま》そうで。最近、どうですか？　何か撮ってます？」

何も撮ってないと言えず、ツリーのそばを離れた。男が軽快な足取りですぐに追いかけてきて、横に並んだ。

「ひょっとして気を悪くされましたか、すみません。でも、ほら、コウキさんの昔の事務所の社長？　巻島さん？　あの人もこの間、復活したんですよ。ほら、あのレイちゃん、バイリンギャル……トリリンギャル、だっけ」

「矢澤麗子《やざわれいこ》ですか？」

「そうそう、あのレイちゃんとも、ちゃんと籍を入れて二人で……」

「籍？」

昔の恋人の動向を聞いて、思わず男の顔を見た。

「籍って。今、彼と一緒にいるんですか？」

「もうずいぶん前からですよ。引退してすぐ。結構大きな子どももいますよ」

「麗子が……」

しまった、という表情を男がした。

「そう言われてみれば立花さん、昔、彼女といい仲でしたっけ」

知っているだろうに。

そんな思いをこめて男の顔を見る。昔のテレビ番組の細部までを覚えている男が、矢澤麗子との仲を知らないはずがない。

屈託《くったく》無い顔で男が笑った。

「まあバブルの時の人たちも、それなりに息を吹き返してきたって感じですかね。だからさ、立花さんも撮ってくださいよ。うちのおふくろがモデルじゃ、やる気出ないでしょうけど」

お母さん、と男が大きな声を出すと二人の母親が建物から出てきた。

「ね、お願いしますよ」

「そうだよ、浩樹」

喫茶コーナーに置いてきたアルミケースを母が膝にのせている。

「せっかく取ってきたんだから。ほら、カメラ」

「人物撮影は苦手なんだよ」

「でかい図体してお前は押しが弱すぎるよ。人物は苦手って、アンデスやヒマラヤで子どもの写真、いっぱい撮ってたじゃないか」

箱を開けると、母がカメラを出して突きつけた。

あぁ渋いですね、と男がそのカメラを手に取り、レンズの蓋《ふた》を外した。

「デジカメじゃなくてアナログってところが実に渋い。へえ、なつかしい、三十五ミリ……。フィルムはあるんですか、お母さん？」

「これかい？」

母がアルミケースから小さな箱を出した。ひったくるようにしてその箱を奪い、立花は静枝の息子に手を伸ばす。

「返してください」

身軽に手をかわすと、男が笑った。

「大丈夫だって、ちゃんと扱いますから。俺だって学生時代はカメラを多少かじって」

男がファインダーをのぞいた。

「なんだ、これ……」

だから、と声を荒《あら》らげて、立花は強引にカメラを取り上げる。

白いよ、と男がつぶやいた。

「視界が真っ白。何ですか、そのレンズの粉」

背を向けて、立花はカメラを箱にしまう。男がおそるおそる、たずねた。

「ひょっとしてその粉……」

「別におかしなものじゃありませんよ」

突然、素《す》っ頓狂《とんきょう》に男が笑い出した。

「ねぇ、じゃあさ、それ、ひょっとしてカビ？　うわあ、カビだよ、レンズにカビ。聞いたことはあるけど、嘘ぉ、本当に生えるんだ」

初めて見た、と大げさに言う男に背を向けて歩き出すと、車椅子の母がついてくる気配がした。

失礼だと、静枝が息子をたしなめている。

だからさ、と男が笑いをおさめた。

「写真家といっても、お母さん。しょせんはバブルの時の人だから」

耳が遠い母親に聞かせるためなのだろう。とてもよく響く声だった。


バブルの時の人。

まさに自分はバブル、泡沫《うたかた》という言葉そのままだ。

静枝の息子の声が耳から離れない。しかしパチンコ屋の喧噪《けんそう》のなかにいると、その声が少し薄れる。

静枝の退院から二日後、クリスマスソングが響くなかで立花はパチンコを打つ。本当は楽しくない。しかしここなら一人で何時間いても不審に思われない。

昼下がりのパチンコ屋は思った以上に男が多かった。おそらくそのうちの何割かは同じような理由でここにいるのだろう。

パチンコを始めたのは先月からだ。それまではギャンブルをする余裕などまったく無かった。

十五年前に故郷に帰ってきてから、日中は精密機械の工場で働き、それが終わると深夜まで宅配の荷物の仕分けをしてきて、月々の借金の返済にあててきた。当初は二十年近くかかると思えたが、母に家賃と生活費を渡す以外は極限まで切り詰めたおかげか、予定より大幅に早く、三ヶ月前にすべてを払い終えた。

ほっとしたのだが、その翌月、精密機械の工場が突然閉鎖され、昼間の職を失った。ハローワークに行って仕事を探したが、思うような仕事は見つからない。そのうち、借金を返した今は、昼か夜のどちらかで働けばいいという気がしてきた。そうなるといよいよ仕事を探す気力が薄れ、代わりにパチンコを覚えた。

煙草を吸いながら、台に向かって黙々と玉を打つ。弾いた玉が次々と台に吸い込まれていくのを見ると、時間と金が刻々と人生からこぼれ落ちていくのを感じる。何をやっているのかと思うが、当たりが来て玉が大量に出てくると、失ったものたちもいつか戻ってくるような気持ちになる。

二時間近く打ち続けて、当たりが来たので席を立つ。

景品交換所にはクリスマス仕様の菓子がたくさん並んでいた。子ども向けのものが多いので迷ったが、母のために小ぶりのノートほどの大きさの板チョコに交換して、病院に向かった。

静枝が退院して以来、母はふさぎこんでいる。

そんな母に会うのは気が重いが、見舞いに行けば身の回りのことや家のことに関して細々《こまごま》した要望が出てくる。せっかく一緒に住んでいるのだから、せめてそれぐらいはかなえてやりたい。

ところが昨日見舞いに行くと、母は挨拶《あいさつ》以外は口を利かず、内職の千代紙細工をしていた。静枝の写真撮影のことを相当怒っているようだ。

今日は機嫌をなおしてくれたかと、おそるおそる立花は病室に入る。病室の奥で母は千代紙を折っていた。風邪を引いたのか、しきりと鼻をすすっていたが、背を丸めて熱心に箸袋を作っている。

お母さん、とベッドの足元に立って、立花は声をかける。

「具合、どう？」

「見ての通りや」

具合が悪そうには見えないので、枕元に近づいてチョコレートを渡す。母が顔を上げた。

「何、これ」

「チョコレート」

「見りゃわかるよ、だからなんでチョコレートなんだ」

「クリスマスが近いから、プレゼントだ」

プレゼント？　と母がチョコレートを手にした。

赤い箱には『メリークリスマス＆ハッピーニューイヤー』とアルファベットで書かれている。

「このチョコ、裏に住所を書く欄があるだろ、郵便で送れるんだって。静枝さんに送ってあげたら」

「こんなもの、喜ぶかい」

箱を押し返すと、母はまた千代紙を折りだした。

「じゃあ食べて。置いとくから」

「いらない、食べきれんで」

「そう……でも、気が向いたら食べてよ」

ベッド脇のテーブルに置くと、「いらん」と母が言った。

「もう何もいらない。お前も毎日毎日もう来るな」

手にした千代紙を母が投げつけた。

「何が静枝さんにプレゼントや、あんな大恥をかかせて。なんでお前はああなんや。あんなカビカメラを持ってきて」

吐き捨てるようにしてカビと言い、母がまた千代紙を投げた。

「ごめん、だから持ってこなかったんだよ」

「それならそうと正直に言え。それになんであんなことになっとったの。商売道具にカビを生やすなんて。お前、何をしとった？」

「何って……」

「他のカメラは？　たくさん持ってたやろ」

「すべて売った、あれ以外は」

「なんで？」

「なんでって……」

わかっているはずだろう、金に換えたのだ。そう言いたくて母を見ると、母が険《けわ》しい顔をした。

「イチから出直すつもりでここに帰って来たんやろ？　借金も返し終わったし。撮影資金ためてまたどっかに行くかと思ってたら、なんで道具がないの」

どうやって説明すれば母にわかってもらえるのだろう。

もう終わってしまったことだと。

「もう写真やめたの？　なあ、浩樹。黙ってないで答えな」

答えの代わりに、ため息をついた。

「やめたんやな、写真。だったらなんでこんな昼間からフラフラしてる？　ちゃんとどこかに勤めて、なんで真っ当に生きんの？」

「勝手に決めて、勝手に押しつけるなや」

思わず方言が出た。

押しつけるも何も、と母が怒鳴った。

うるさい、と隣のベッドから女の声が上がった。

「やかましい、こっちはとりこみ中や」

「すみません。お母さん、落ち着け」

千代紙を投げようとした母の手をつかむと、「落ち着けるか」と母が声を低めた。

「あたし、静枝さんの息子からいろいろ聞いた。矢澤麗子って、あんたと暮らしとった女やろ。結婚したんだって？　あの巻島って男と。結局あんた、社長とあの女にむしりとられて捨てられた、違うか？」

「だったらどうだって言うんだ」

「なんでそうなんや。腹は立たんのか？　見返したろって気にならんの？　お母さん、ハラワタ煮えくりかえってる。それにあの息子、あの羽振りの良さそうな子、あんたと高校も大学も同じで一個上だって。同じように東京に行って大学も出て、なんでこうも違うの？」

「よそはよそ、うちはうち。子どもの頃、いつもそう言ってただろ」

何を言っとる、と母が声を上げた。

「あんたぐらいの年の子はね、どんなに学校の勉強できなかった子でも今はみんな家庭を持ってるよ。家も建てて、子どもも育てて、それなりの暮らしをみんなしてるさ」

なんでお前はそうなの、と母が鼻をすすりあげた。

「そんな靴履いて。あんた、あの子に馬鹿にされてたよ、靴下買う金もないのかって」

わかってるよ、と立花は声を荒らげる。返済が終わった今なら新しい靴下も買える。この靴を履くとき、あえて素足でいるのは昔への未練だ。

なんであんなチャラチャラした男に馬鹿にされる、と母が声をつまらせた。

「勉強でも運動でも、なんだってお前は昔からよくできたじゃないか。なのになんでこんなことになったの。昔のあんたはもっと輝いてたよ」

「虚像だったんだ」

何が？　と母が声を強めた。

「キョゾウって？」

腰をかがめ、ベッドのまわりに落ちた千代紙を立花は拾い集める。

「まわりが勝手にそういうのを作っただけなんだ」

「雑誌もテレビも、みんなお前のことを褒《ほ》めてたよ」

「当たり前だ」

拾った紙を束ねながら、雅《みや》びやかな模様に目を落とす。京友禅を模《も》した赤い千代紙は、いつか麗子に着てもらいたいと願った花嫁衣装の模様にどこか似ていた。

「服や持ち物がおしゃれなのは当たり前。専門の人が陰で用意していた。文章だって俺がすべて書いていたわけじゃない。最後のほうはライターが書いてた。家も車もおしゃれな持ち物もその筋のプロに勧められた物を置いていただけ。俺が自分で選んだわけじゃない。きっと……」

女までも……。おそらく自分と関係を持つ前から、麗子は巻島の女だったのだ。そう思えば、自由な関係でいたいと言って、籍を入れたがらなかったのも納得がいく。

あきれたように母が言った。

「それじゃ、お前、利用されただけ？　ただの人形じゃないか」

そうだよ、と千代紙を母に返した。

「人形だったんだ。十九や二十歳の子どもが熱に浮かされて煽《あお》られただけ」

「でも写真は？　あれはお前が撮ったんだろう？」

「それだけだよ……俺が自分でやったのは」

言った途端に涙のようなものがこみあげ、横を向いた。

「どうしてそんなことを言わすんだ。どうして今さら、昔のことをあの人に話したんだ」

いいじゃないか、と母がつぶやいた。

「お前が東京にいたとき、あんな格好いい子が、お母さんみたいながさつな親の子だと思われちゃ迷惑かけると思ってさ。お母さん、自分からはなんも人に言ったことがない」

静枝さんだけだ、と母が小声で続けた。

「いいじゃないか、今だったら少しぐらいお前のこと自慢したって……浩樹、お前、泣いてるの？」

「うるさいな」

クソ女々《めめ》しい、と母が千代紙を投げつけた。

「何をみっともない、男が泣くか？　情けない。泣いてるひまがあったら、しっかり働け」

「もういいだろ、みそぎはすんだ。身の程知らずの代償は死ぬほど払ったよ。もうキリキリ働く必要もない。飢えない程度にメシが食えりゃいい。それに仕事だってこの年じゃ、新しい職場なんて」

帰れ、と母が叫んだ。

「帰れ、帰れ。毎日毎日、辛気《しんき》くさい顔を見せて。こんなゴミみたいなプレゼントいらないよ」

母がチョコレートの箱をつかんだ。

「あたしが欲しいのはね、どかんとした幸せだよ。女房だの子どもだの仕事だの、あんたがイキイキやってる姿を見たいよ。毎日毎日顔出さなくてもいい、お前がはりきって生活してればそれが何よりの親孝行だ」

なんだこんなもの、と母がチョコレートを床に叩きつけた。

「持って帰れ、こんなパチンコの景品」

黙ってチョコを拾い、ベッドの脇のテーブルに置いた。

なんで、と母が泣き出した。

「昔のお前は金が無くても輝いとったよ。そりゃあイキイキしとった。なんで？　どうして？」

わからない、とつぶやいた。

「わからん。俺にもわからんよ」

「アホか、お前は」

母がうつむき、肩を震わせた。

「浩樹、お前は一体何をしたいんや？」

母の怒り方は昔とまったく変わっていない。変わったのは怒られるのが半ズボンの小学生から、すりきれたチノパンツを穿いた四十男になったことだ。

黙ったまま病室を出た。聞かれたところでわからない。今、自分が何をしたいのか。

何をしたかったのかも。

その翌日の午後は見舞いに行くのをやめた。そのかわり先日、携帯電話で撮った画像をプリントするにはどうしたらいいのかを調べてみた。

都会ならコンビニエンスストアで現像ができるらしい。しかしそのコンビニが近所にない。インターネットで検索をすると、隣の町のカメラ店でプリントを受け付けていることがわかり、車で出かけた。

小さな店内を見渡すと撮影の機材はフィルムから完全にデジタルに移行していた。カメラのデジタル化に伴い、昔は職人技やセンスを必要とされていたことが、今はたいていのことがパソコンで簡単に対応できるらしい。

もう関係ない世界だと思いながらその話を聞き、プリントされた写真を見て驚いた。携帯電話で撮ったとは思えないほど鮮やかな仕上がりだった。しかもデジタルの画像データがあると簡単にさまざまな加工ができるという。

写真をプリントしたらパチンコに行くつもりだった。しかし、いつの間にか店主と話しこんでしまった。

店から帰って二階の自室にいると、玄関のベルが鳴った。

ドアを開けると郵便局員が立っており、ポストに入らないからと箱を渡された。昨日、母に贈ったチョコレートだった。ここまでするほどいらないのかと、箱を手にして二階に上がる。ところがよく見てみると、開けた形跡がある。封を開けると、千代紙が三枚出てきた。裏返すと鉛筆で字が書かれている。

「浩樹さま

チョコをありがとう。となりの人におわびをいって、半分あげました。残りはミマイにきたはるえちゃんとたべたよ。お母さんはとてもお金に苦労してきたので、すぐお金のことばっか気になって、すぐゲンジツ的なことを言います。浩樹がなやんでいるときに、むしんけいなことを言ってよけいに傷つけてしまったこともいっぱいあったと思います。

でもお母さんにとっては浩樹が世界一です。ほかの家の息子さんもりっぱだけど、浩樹もりっぱです。みんながにげた借金を一人でせおって、めいわくかける人がおおぜい出るからって、ぜんぶ、自分のところで食いとめて。いなかじゃりっぱな家がたつほどの借金を一人でかえしたのは、川を下っていたときより、りっぱです。

今はちょっと、運がむいてないだけです。いやなことばっかり言ったけど、心のなかでは浩樹のいいところ、いっぱいいっぱいわかってます。

うまく言えんくて、ごめんね。

新しいとなりの人がクッキーをくれました。おいしかったから半分あげます。

メリークリスマス」

箱をさかさにふると、ティッシュにくるんだクッキーが出てきた。

そのクッキーをかじったら、鼻の奥がつんと痛んできた。

クリスマスの二日後、母が退院の日を迎えた。

杖《つえ》をついている母と一緒に家に帰り、テイクアウト専門の寿司店で買った折り詰めを立花は食卓に並べた。自分でするという母を押し止《とど》め、インスタントの吸い物を作って母の前に出す。

母の向かいの席に座ると、「静枝さんからメールが来た」とはずんだ声がした。

「携帯で撮った写真のことを喜んでいたよ。写真集みたいだって。どんなのだ？」

二階に上がり、静枝に送ったのと同じものを母に見せる。それは本の体裁をしたフォトアルバムだった。

「いろんな写真があるね。あれ、あんた、あれから静枝さんのところにも行ったのか？」

「言わなかったっけ？　行ったよ、元気そうだったよ」

車椅子なしでは生活できなくなった静枝は自宅に戻るのをあきらめ、山一つ向こうの町にある介護施設に入っていた。

携帯電話で撮った写真の出来が思った以上に良かったことと、年寄りに〝今度〟はないのよと笑った顔が寂しくて、息子との写真を送った際に、よかったら近いうちに〝今度〟を実現してみないかと書き添えてみた。

すぐに連絡が来たので、隣町のカメラ店で安いデジタルカメラを買い、施設に行った。

デジタルのカメラは撮った画像がその場で確認できるのが便利だ。使い慣れた人には当たり前のことだが、それがとても新鮮で、何度も静枝に確認を取りながら撮影していった。すると緊張していた顔がほころび、しだいにやわらかな表情が浮かんだ。楽しげな雰囲気が伝わったのか、施設のスタッフや一緒に入所している人々も次々と静枝と一緒に写真におさまり、最後は大勢の集合写真になった。

孫娘に近況を知らせたいと静枝が言うので、介護施設や町の様子も撮っておき、その足で隣町のカメラ店に行った。関連の品を買いがてら、パソコンのソフトのことや基本的な画像処理について教わる。

最近は写真に文章なども添えて、本のような形式でオリジナルのアルバムが作れるらしい。

それを聞いて原稿を書き、雑誌のように写真にキャプションを添えた。その作業はとても面白く、時間を忘れて熱中していた。そして悟った。

うまく言えんくて、ごめん。母はそう書いていた。それは自分も同じだ。だから会話の代わりにカメラを手に取った。

何がやりたかったのかと自分に問えば、おそらくこれこそがずっと、やりたいことだったのだ。

母が感心した顔でフォトアルバムをめくっている。

「本屋で売ってる写真集みたいや。静枝さん、きれいやな」

「東京のお孫さんにも見せたらしいよ」

「まったく見舞いに来なかった子かい」

「大事な公演があったから来られなかったみたいだ。それで、今度はそのお孫さんから連絡が来た。写真を撮ってくれないかって」

「静枝さんと？」

「ダンスの公演をするんだって話だ。自主公演って言うのかな？　小さな公演らしいけど、それのチラシやパンフレットの写真を撮ってくれないかって」

母がアルバムを閉じた。

「で、どうすんの？　東京に行くの？」

「それとも自信が無いってことか？」「どうしようかって、カメラのこと？　それとも自信が無いってことか？」

両方だと言ったら、ため息をつかれた。

「カメラはなんとかするとしても、もうずっと撮ってないから勘が戻るかどうか。それに昔はフィルムで撮ってたけど、今はどこもかしこも完全にデジタルなんだよ」

母が吸い物に口を付けた。

「薄っ！　浩樹、湯を入れすぎだよ。それで？」

「もう一度、あの世界に戻るのなら勉強が必要だし、それで戻れるかどうかも正直あやしいけど、公演は春らしい。まだ時間があるから、お母さんの足が良くなったら、東京に行こうかと思ってる」

早く行きな、と母が吸い物をテーブルに置いた。

「とっとと行け。こっちは大丈夫だよ」

大丈夫かな、と言ったら、母が鼻をならした。

「そんな車でも新幹線でも行けるところ、アマゾンやアラスカにくらべれば。いつかどっかで浩樹も父ちゃんとおんなじ、漁に出たきり帰ってこないような気がしてたから。それにくらべりゃ東京？　地続きじゃないか」

言葉が気丈であればあるほど強がっている気がする。十五年間、二階に住まわせてくれた母を、負債を返した途端に一人で残していくのはためらわれた。

「お母さん、もしかしたら俺、東京でそのまま暮らすかもしれん。……一緒に行かん？」

母が寿司に手をのばした。

どうだろう？ と聞いたら笑った。

「アホ言うな。東京にもう一回、御殿を建てたら呼んでくれ」

「御殿は難しいかもしれないな」

吸い物を飲むと、たしかに薄かった。しかし汁椀の熱さを手のひらに感じたとき、自分の手に何かを取り戻した気がした。

「御殿は難しいかもしれないけど、まあ、やってみる」

それがいい、と母が手をのばし、食卓に置かれたポットの湯を急須に注いだ。

「今はちょっと、ついてないだけ。そのうちいい運がやってくるよ」

「どうして？」

「あの箱に大きく書いてあった、チョコの箱に。『メリークリスマス＆ハッピーニューイヤー』」

言いづらそうに母が英語を口にした。

「クリスマスのあとには、ハッピーなニューイヤーが来るんだ。だからさ、もういくつ寝ると」

浩樹、と半ズボンを穿いていた頃と変わらぬ口調で母が笑った。幸せな新年が、来るんだよ、と。

# 朝日が当たる場所

幼い頃、母が言っていた。朝焼けを眺めてから眠るのが好きだと。

今から四十年以上前のことだ。

あの当時、母は明け方まで夜の街で働き、昼は毛筆で賞状や宛名書きの内職をしていた。

そのせいだろうか。母の姿が心に浮かぶと、やさしい墨の香りを思い出す――。

東京・世田谷《せたがや》の自宅の一階、バランスボールやダンベルなどのフィットネスグッズと季節の衣類などを収めた部屋に、宮川良和《みやがわよしかず》は寝転がる。

庭では早咲きの桜がほころび始めたが、フローリングの床はまだ冷える。しかしその冷えが、酒でほてった身体に心地よい。

あれは……小学一年生の夏休みだ。

昔を思い出しながら、宮川は目を閉じる。


かすかな物音に目を覚ますと、明け方の空を見上げて母が長い髪を梳《す》いていた。母子二人で暮らしていた木造アパートは建て付けが悪く、網戸の木枠がゆがんで開け閉めに力がいる。窓の下はアパートのゴミ集積場で、曜日によっては、夜のうちに捨てられたゴミの臭気が二階の部屋まで上がってくる。

それなのにあの朝、母は窓も網戸も開けていた。

虫が入ってくるよ、と目をこすりながら言ったら、曙《あけぼの》色の光のなかで母は微笑《ほほえ》んだ。

「朝日を浴びると長生きするんだって、ヨシ君」

おいで、と手招きされて、布団を出た。そして二人で朝日を浴びながら街を眺めた。薄紅色に染まるアパートの前の坂道を、新聞配達の自転車が矢のように下っていったのを覚えている。


あんなこと言っといてさ――。

薄目を開け、宮川良和はタンスの上に置いた母の遺影を見る。

「なんで逝ったんだよ」

その遺影は亡くなる一ヶ月前、入院先から介護施設に移った頃の一枚だ。撮影したのはバブルの頃に超売れっ子だったカメラマン――本人は当時『ネイチャリング・フォトグラファー』と名乗り、テレビのドキュメンタリー番組に出ていた男だ。

この写真を撮った数週間後、風邪をこじらせて肺炎をおこした母は、年が明けた数日後に世を去ってしまった。年末に電話をしたとき、風邪を引いたがたいしたことはないと本人が言ったので、そのとき自分は妻と義理の両親とともにハワイで正月を過ごしていた。施設からの知らせを聞き、ゴルフを切り上げて帰国の用意をしていると、タイミングの悪いときに亡くなったものだと妻の父親が言った。

たしかにそうなのだが、年末年始で施設にも人手がない、そのタイミングが悪いときだからこそ、母は身体の不調を我慢してこんな事態になったらしい。

それを聞いて以来、ゴルフ焼けをした義父の顔を見ると怒りがこみあげる。しかしそれは八つ当たりだ。そう思うぐらいなら、年末は一人で故郷に帰ればよかったのだ。

起き上がって、宮川は傍らに置いた発泡酒の缶を開ける。

十五年前、雑貨の会社を経営している妻の実家の一角に家を建てた。今いるこの部屋はいずれ故郷から母を呼び寄せた際に使ってもらうつもりで設計したものだ。だから畳を敷きたかったのに、南欧風の家に和室は合わないという妻の真里恵《まりえ》の意見に押し切られて、フローリングにしてしまった。

思えばそのあたりから、母のことをないがしろにしていたのかもしれない。

発泡酒を飲み干したら、ドアがノックされた。娘の菜々子《ななこ》の声がする。

「パパ、そこにいるの？」

いるよ、と答えたら、ドアの向こうで菜々子がためらう気配がした。

「なんだい、菜々子。ここを使うのか？　いいよ、入ってきて」

十九歳になる娘の菜々子は幼い頃からバレエを習っており、家でも軽いバーレッスンができるよう、この部屋の隅にはリノリウムの敷物と大きな鏡、バーが設置されている。

うーん、と娘がうなっている。

「パパ、出ていってくれない？」

「別に見やしない。背中を向けてる」

そういう問題じゃなくって、と小さな声がした。

「ねえ、パパ……大丈夫？」

「大丈夫だよ」

「またお酒、飲んでるの？」

「少しだけだよ」

足音が遠ざかっていった。あわてて宮川は立ち上がる。

「おい、菜々子、レッスンしないのか？　おーい」

立ち上がった拍子に母の写真と目が合った。

その前に置かれた二つの額を宮川は手にする。

一つは母が亡くなる直前まで手元に置いていたというB5サイズの額で、石ころだらけの山間《やまあい》の村に日が昇る写真だった。痩せたロバの横で、少年が朝日に向かって手を合わせている。

もう一つは年明けに故郷で行った母の葬儀の際に、あの『ネイチャリング・フォトグラフアー』のタチバナ・コウキが持ってきたものだ。タチバナが母に贈ったフォトアルバムのなかの一枚で、ハガキほどの大きさに引き伸ばされて額に入っている。

携帯電話のカメラで撮られたその写真は、車椅子の母を見上げて自分が何かを言った瞬間をとらえたものだった。母が落とした膝《ひざ》かけを拾い、かがんだままその手に渡した一瞬なのだが、少年のような顔で自分が何かを言っている。白い膝かけを受け取っている母はあの夏の朝のように、やさしく微笑んでいた。

クリスマスツリーの前で撮ったせいだろうか。この写真を見ると、高校時代に美術の教科書で見た、聖母マリアと幼子イエスの絵のことを思い出す。しかしそんな発想は自分の柄に合わないし、なによりも知らないうちに母子で写真に撮られていたことが恥ずかしい。タチバナには事務的に礼を言って受けとり、作品の感想も伝えていない。

それなのに三ヶ月近くたった今、気が付くと酒を持ってこの部屋に来てしまう。そしてタチバナが撮った母の笑顔と、息子である自分の横顔を見てしまう。

あのとき母に何を言ったのだろう。母はどんな言葉に対して、こんなにやさしく微笑んでいたのだろう。

自分のことなのにまるで記憶がない。タチバナに聞けばわかるかもしれないが、事情を説明するのが面倒だ。

二本目の発泡酒の缶を開けたとき、今度は真里恵の声がした。

「あなた、いい加減にそこから出てくれない？　菜々ちゃんが困ってるじゃない」

「困ってるって？」

ほんの少し間があった。ドアの向こうで、真里恵が肩をすくめているような気がする。

「菜々ちゃんが集中できないから、出てやって。こんなこと言いたくないけど、バーを使うレッスンって足を高く上げたり、曲げたりするじゃない。いくら父親でも興味本位な目で見られたくないわ」

「何を言ってるんだ。俺はそんな目で娘を見たことは一度もないよ」

そお？　と真里恵が疑わしげに言った。

「あなた、前にそんなのに関わっていたでしょ？　ちっちゃなビキニで女の子たちにバーレッスンさせる番組」

たしかに数年前、そうした企画の深夜番組に関わったことがある。しかし自分の仕事の内容は家族にあまり話したことはない。

知らないと思ってた？　と真里恵が聞いた。

「知ってたわよ、私も菜々子も。あのメンバーの一人がコンクールで上位に入っていた子だって、お教室の保護者の間で話題になっていたもの。私、あのとき顔から火が出そうだった。テレビ関係の仕事って言ったら格好いいけど、あなたの仕事って下品だったわね」

「もう、やらないよ」

正確に言えば、やれない。

大学を卒業して以来、映像の制作会社で働いてきたが、母が亡くなった直後に人事異動の内示があった。二月一日付で今度新設される総務部管理課へ異動せよとのことだった。

異動してみると、そこは会社に届いた郵便物を仕分けして各部署に配る以外に何の業務もなかった。それなのに総務から助力を頼まれる可能性があるとのことで、原則として食事以外の外出は許されない。守衛室の隣にある小部屋に、同時期に配属されてきた五名で顔をつきあわせて待機していると、自主退職を求められているという圧迫感で息が詰まりそうになった。会社の経営が悪化しており、近いうちに社員を削減するという噂は聞いていた。しかし制作サイドの人間は面白いものを作っていれば大丈夫だとどこかで安心していた。こうした状況になってから考えてみると、これまで関わっていた企画は、昨年に引退したお笑い界の大御所との仕事が多く、彼が引退してからは、仕事量は一時に比べてたしかに減っている。

三週間が過ぎると一人が辞め、他の三人は体調を崩して休みがちになった。同じように体調不良という理由をつけて、宮川も会社を休んで転職先を探したが、思うような職場は見つからない。他の三人も同様に転職活動をしているのかと思ったが、一人は胃を悪くし、もう二人は心を病みかけ、本当に身体を壊していた。それを知ったとき、会社にしがみついているのがいやになった。

そこで妻の真里恵に相談したのだが、まるで聞く耳を持たない。この不景気に次の職場も決めずに会社を辞めて、どうやって収入を得るのだという。義父が営む雑貨の会社に勤める場所はないかと聞くと、あてにしないでと冷たい返事が戻ってきた。そのつもりでいたなら、もっと早く決断してほしかったし、父の会社も今は経営が思わしくないの、とのことだ。

とにかくどんな形でも辞めない限りは月々、収入が入るというのが会社員の利点なのだから、自分から辞めるなど「ありえない」というのが真里恵の意見だ。若者風というのか、言葉の後半に奇妙なアクセントを置いて、「ありえない」と言われたとたん、相談をするのがいやになった。

仕方なく出社を続けたが、三月に入ったばかりの雨の日、以前いた部署で、かつての部下一人ひとりの席に郵便物を配っていると、窓ガラスに自分の姿が映っているのに気付いた。それを見たら、何もかもがいやになってきて、部屋に戻るなりバッグに入れていた辞表を所属長に提出した。なかば衝動的に会社を辞めたことを妻は怒っており、それ以来、家にいると汚物を見るような目で見てくる。家庭にも居場所はない。

発泡酒を一口飲み、宮川はタチバナが撮った母の写真を手にする。こんな情況に陥《おちい》った息子を見ないですみ、母は幸せだったかもしれない。

お母さん、と声をもらしたら、返事のようにかすかな音がした。顔を上げると、部屋のドアが少しだけ開いている。

目を細めて真里恵がこちらを見ていた。その視線が、手にした母の写真にあることに気付き、宮川はそっと床に置く。

真里恵の鼻の両脇に二本の皺《しわ》が浮かび、小さく唇が動いた。

「マザコン！」

床に転がっていたダンベルを拾い、宮川は両手でドアに向かって投げる。思った以上に速く、ダンベルは真里恵の腹のあたりでドアにめりこみ、板を縦に裂いて床に落ちた。

悲鳴を上げて、真里恵が駆けだした。その足音にさらに腹が立ち、宮川は部屋を飛び出す。

助けて、と真里恵が階段を上がっていった。

「菜々ちゃん、助けて。パパが切れた、パパが壊れちゃった」

菜々子の部屋のドアを叩いているのか、激しいノックの音が聞こえてくる。

「菜々ちゃん、入れて。ママを入れて。入れたら鍵、鍵を閉めて」

「おい、ママ、待てよ」

真里恵を追い、宮川は階段を上がる。二階から叫ぶような声が降ってきた。

「菜々ちゃん、いいから、とにかくママを部屋に入れて」

「なんなの？　ママ」

菜々子の戸惑った声がして、真里恵を部屋に入れる気配がした。その音を聞いて一気に階段を駆け上がり、宮川はなるべく平静な声を出す。

「菜々子、ママを出してくれ」

「開けないで、菜々ちゃん」

娘の部屋のドアを叩き、宮川は懸命に声を和らげる。

「菜々子、パパだってば。何もしないよ。なんで鍵を閉めるんだ」

開けちゃ駄目、と妻が叫ぶ。

「パパが、ダンベルでママを殴ろうとしたの」

「大丈夫だよ、菜々子」

自分の声が震えていることに気付いて、宮川は自分の手を見る。何をするつもりなのか、左手にはもう一つのダンベルを握っていた。

「大丈夫だって。パパは壊れてなんていないよ」

開けちゃ駄目、と真里恵が繰り返した。

「信用しちゃ駄目」

「何がおきたのか、私、まったくわかんない。夫婦げんかなら、ママ、逃げてないで、二人でちゃんと話をしたら。私をまきこまないでよ」

「そうだ、そうだよ」

宮川は大きく息を吐く。すぐにのぼせる母親を見ているせいか、菜々子はいつも冷静で、どちらにも荷担《かたん》しない。頼もしい子だ。

ドアが割れたのよ、菜々ちゃん、とすがるような声がした。

「ドアに〝バリッ〟ってダンベルがめりこんで。聞こえたでしょ、さっきの音」

「知らない」

「パパがダンベルでドアを叩き割ったの、ママにぶつけようとして」

「ママ、真里恵、誤解だよ、それにママだって」

ひどいことを言ったじゃないか、と口に出しかけ、宮川は言葉を呑《の》み込む。マザコンと言われて逆上したことなど、娘の耳に入れたくない。

「ねえ、ママもパパも落ち着いてよ」

「落ち着けるもんですか。パパは今、凶器を持ってるのよ」

凶器なんて……、と宮川は手にしたダンベルを見る。あわてて廊下に置くと、床板にぶつかって鈍い音がした。

いや、もう、と真里恵が叫ぶ。

「今のゴトッて音、何？　何？」

「もう床に置いた、何も持ってないよ」

「やっぱり、何か持っていたんじゃない！」

「だから、今は持ってないって。百パーセント何も持っていない」

「なんだか、今日のパパ、変。どうしたの？」

「変じゃないよ」

ドアに両手を押し当てると、足の力が抜けた。そのまま宮川はずるずると床に膝を突く。

「おかしくなんてない」

つぶやいたら、少しだけ涙がにじんだ。

「おかしくなんて、ない。ただ……」

母を偲《しの》ぶのは、そんなにいけないことなのだろうか？

ドア越しに妻が同じ敷地にある実家に電話している声が聞こえた。年甲斐もなく甲高《かんだか》い声で「ママ」と義母に叫んでいる。

「助けて、ママ。パパか誰かと一緒にうちに来て」

「おばあちゃまに変なこと言うのやめなよ、パパが可哀相だよ」

いいから、ママ、早く、と真里恵が言っている。

大人になっても自分の母親をママと呼ぶのが、昔は裕福な家に育った女の証に思えた。しかし今となってはその甘ったるさがひどく鼻につく。

「いい年こいて、何がママだ、馬鹿」

小声で言って宮川は目を閉じる。

すぐに義母はやってくるだろう。悪趣味な服を着せたプードルを抱きしめ、怒りで頭を振りながら。そして直接ものを言わずに犬と会話をしながら毒づき、真里恵と一緒に責め立ててくる。

「真里恵、そりゃお前のおふくろは幸せさ。目と鼻の先に娘と孫が住んでてさ。何がスープの冷めない距離だ、気取りくさって。スープなんて嫌いだ。みそ汁が好きなんだよ」

パパ、と声がして、ドアが薄く開けられた。

その瞬間、腹の底から何かがこみあげ、宮川は立ち上がってドアのすきまに爪先《つまさき》をこじいれる。ドアを大きく開け、なかに踏み込んだ。

真里恵の悲鳴があがり、首の後ろから背中にかけて激痛が走った。錆《さ》びた釘のような臭いが鼻の奥でする。

床に手を突いたら、花瓶の破片が背からすべり落ちてきた。

真里恵に花瓶で殴られた箇所は急所を外れていたので、大事には至らなかった。それでも背中にはあざが残った。しかし痛みよりも、妻に花瓶を振り下ろされたという衝撃のほうが大きく、自宅の客間で宮川は黙りこむ。

目の前には若い女性弁護士がいて、妻と話をしている。銀色のふちの眼鏡がいかにもそれらしい。真里恵の友人から紹介されたそうだ。

息を吐いたら、背中が痛んだ。軽く背に手を当て、宮川は目を閉じる。

二日前、真里恵に殴られてうずくまっていると、同じ敷地に住む妻の両親がそろって現れた。

心配した菜々子は救急車を呼ぼうと言った。しかし近所に恥ずかしいと言って義父母は拒んだ。真里恵は廊下に置かれたダンベルのことを指差し、自分の正当性を訴えていた。立ち上がれるかと義父に聞かれたので、半ば意地で立ち上がった。それから義父が運転する車で病院に行った。

医師には妻に殴られたと言えず、ガレージを片付けていたら上から物が落ちてきたと説明した。帰ってくると、真里恵は隣の実家に帰っていた。夫が家を出ない限り、しばらく自宅には帰らないという。

それなのに二日後の今日、弁護士とともに現れた。真里恵は離婚を前提に別居したいという。本当は弁護士に一切をまかせようと思ったけれど、それでは不人情だから今日は一緒に来たそうだ。

心療内科のカウンセリングを受けてみたらどうかと、弁護士が言っている。

「私が、ですか？　別にどこもおかしくないのに」

「体調を崩したら早めに手当をする。これは心だって同じことです」

「別に何も崩してませんって」

そんなことありません、と真里恵が口をはさんだ。

「義母が亡くなって以来、ずっとふさぎこんで……そのあと相談もなく仕事を辞めて。さらにおかしくなってます」

「真里恵……誰だってふさぎこむだろう、そんなことが重なったら」

「でも限度ってものがあると思うの。最近なんて毎日、お酒ばっかり飲んで、フィットネス・ルームに閉じこもって」

あの六畳間にはそんな名前がついていたのか。軽く笑ったら、弁護士に妻がスマホを突きつけた。

「見てください。これって、もうＤＶですよね」

スマホの映像は壊れたドアだった。ドアの板が大きく縦に裂け、その下にはダンベルが転がっている。

いつの間に撮影したのだと、真里恵を見た。その視線を受け流して、真里恵が弁護士に視線を向ける。

弁護士が顔をくもらせている。

「これはちょっと……ひどいですね」

「このドアがもし人だったらと思うと私……。この人が私にダンベルを投げてきたんです」

「お前に当てる気なんて、さらさらなかったよ」

「当てる気がなくても当たることってあるじゃないですか。これがもし娘だったら、と思ったら私、もう、我慢できなくなって」

「菜々子にこんなことするはずないだろう」

こうしたことは今までにもあったのかと弁護士がたずねた。

「ありませんって。それにちょっと待って。どうして物を投げつけたくなったか、そのあたりの理由は俺に聞かないわけ？」

「あなたって誰に対してもそういう口調ね」

真里恵が冷めた視線を浴びせてきた。

「何をいきがっているのか知らないけど、そういうところも我慢ならないわ」

理由はともあれ、と女性弁護士が眼鏡を鼻の上に押し上げる。

「暴力はいけません」

「暴力なんてふるってないよ、これまで一度だって。それならうちの女房のほうが……」

背中が痛む。しかしガレージで怪我をしたと病院で伝えた以上、今さら妻に殴られたと言っても誰も信用しないだろう。

とにかく、と弁護士が軽く手を上げた。

「事実関係をはっきりさせましょう。こうした暴力は初めてなんですか」

「だから暴力だなんて。初めてですよ。事実関係をはっきりさせたいなら言いますけど、理由は、妻が私のことを」

なんと言ったらいいのだろう。

直接の引き金になったのは、真里恵が顔をゆがめて言った「マザコン」という言葉だ。だがそれを聞いた自分の気持ちを、どう説明したら理解してもらえるのか。

「母は、一人で……一人ぼっちで……」

「ここしばらく、いつもこうなんです」

真里恵が事務的に言った。

「話し出しては考え込む。何が言いたいのかわからない。お酒ばかり飲んでいるから。ちゃんとお酒を抜いて話してほしいって言ったけど、それも聞いてくれない」

きちんと説明できれば、今の状況を打開できるのに。左右のこめかみを宮川は指で押さえる。

落ち着いて、状況を的確にとらえて、大きな声でプレゼンテーションをすれば、どんな状況だって切り抜けられるはず――。

日を改めましょうか、と弁護士が真里恵と宮川を交互に見る。

「ご主人様はお加減が悪そうですし。そんなに性急にことを決めなくても、まずはゆっくりお互いの気持ちを確認しあって」

いいえ、と真里恵が毅然《きぜん》とした態度で断った。

「今、決めておきたいんです。娘の安全が第一です。私はもう一緒に暮らしたくない。離婚を考えています。だから別居にあたって正式な取り決めを今、ここで、しておきたいんです」

「子どもの安全ってね、お前。俺は菜々子には何も……」

上目使いで真里恵がこちらを見た。額に寄った皺を眺めて、宮川は悟る。何を言っても無駄だ。

この家は、もう壊れていたのだ。ドアが壊れるずっと前から。

自分はただの金づる、いわゆるATMとインターネットで揶揄《やゆ》される存在で、家庭に給料を運んでこなくなった今、妻にも娘にも不要な存在らしい。

別居中の生活費や養育費の話を真里恵がしている。その声を遠くに聞きながら、宮川は再び思う。

あの写真、クリスマスツリーの下で、母の微笑みを誘った言葉は何だったのだろう。

弁護士が帰ったあと、隣の実家に行こうとする真里恵に宮川は声をかけた。自分は今、悩んでいることがあり、それでふさいでいるのだと伝えてみる。少しためらったが、さらに言葉を続けた。

「なあ、真里恵。俺、不本意な形で会社を辞めたしさ、いろいろ辛《つら》いんだよ。そういうときにこそ家族って……」

「支え合おうって言うの？」

声が弱々しかったせいか、真里恵が振り返った。

「私が辛かったとき、あなたがいてくれたことなんてあったっけ。ないない」

真里恵が顔の前でひらひらと手を振ると、派手なネイルがきらめいた。

「毎日、毎日明け方に帰ってきて、お酒臭い息を吐いて。キャバクーラ・宮川なんて、一緒に仕事してるタレントさんにあだ名をつけられて」

そのあだ名は昨年、病気療養のため引退したお笑い界の大御所がつけたものだ。会社を退職するにあたって彼に手紙を書いたが、返事はない。心の隅で少しだけ、彼が手を差しのべてくれるのを期待したが、療養中ではそれどころの話ではないのかもしれない。もっともその病名が何なのかは、誰にも知らされていないのだが。

「キャバクーラ・宮川か……」

なつかしい思いでつぶやくと、口元だけで真里恵が笑った。

「私、いつも思ってた。あのタレントさん、年取った嫁は汚いとか、浮気は男の本能とか、テレビやラジオで言ってたじゃない？　そういうことを言う男の家庭って、どうなっているのかしらって。まあ、ご本人の家族はいいかもね、それが仕事って割り切れるから。でもそのお取り巻きはどうなの？　つまり、うちよ」

「俺は取り巻きじゃないよ。あの人の意見に賛成していたわけでもないし」

「キャバクーラ・宮川なんて呼ばれてたのに？」

「仕事だよ。お、お前だって、ダンスの先生と」

友人に誘われ、一昨年からサルサというダンスのレッスンを始めた妻は、ことあるごとにその講師に何かをプレゼントしている。それがそのまま浮気の証拠とは思わないが、心をときめかせていたことは確かだ。

「お前だって、若い男のダンス講師とあれこれ何かしてたんじゃないのか」

寂しかったから、と自分を抱くようにして真里恵が腕を組んだ。

え？　と宮川は聞き返す。

「何だ、あれこれ……本当にしてたのか」

「私を抱いて踊ってくれて、話をしてくれたから。お金を払っているからってわかっていても、男の人に抱かれるのはうれしかったから」

「抱かれるって……おい、それはつまり、やったってことか。そこのところ、はっきりさせろ。やったのか」

あきれた顔で妻が組んでいた腕をほどいた。

「どうでもいいでしょう、そんなこと」

「ふざけんな、俺の女房だろ」

「だから、やめるって言ってるでしょ、あなたの女房なんて。菜々子も来年は二十歳《はたち》だし、私たち、潮時よ。何を今さら。自分だってさんざん風俗に行っといて」

「キャバクラは風俗と違うし、俺一人で行ったわけじゃない。接待だよ」

どうでもいい、と真里恵が横を向く。

「それで羽目をはずしてこんなことになったんじゃないの。私が家のなかを片付けて、子どもの面倒を見ていればあなたはそれで満足だった、そうでしょ？　違う？　ここ何年も家族をずっと放っておいて、ヒマになった途端に言い出すんだ。家族は支え合うもの？」

真里恵、と言ったら、離婚届を出された。宮川の名を書き込めばすぐに提出できるようになっている。

「もういいわ。男はあなたじゃなくても、もういいの。だからお金ね、私の取り分をください」

「冗談じゃないよ」

想定内の返事という顔で真里恵がうなずいた。

「あとは弁護士の先生に頼むから。あなたのお母さまの保険金？　遺産？　そういうのまでよこせとは言わないわ。でもこの家や夫婦の貯金？　それは全額私に渡して。菜々子のために使うから」

「おふくろの遺産なんてない。施設に入所するときに結構な物入りだったし。それに家や貯金は俺にだって取り分があるだろう。仕事を見つけるまでの生活もあるし」

「だから保険金とか使えばいいじゃない。少しはまとまったものが入ったでしょ」

「それがないんだ、あまり」

「あなたのママって、ホント何もあなたのこと考えてなかったのね」

握ったこぶしに力が入った。しかし黙って真里恵の顔を見る。

母が入っていた保険は掛け捨てで、貯金も施設入所の際に取り崩したのでそれほど残っていない。ただ六年前から真里恵に内緒で小遣いから仕送りをしていた月二万円が、手つかずで口座に残っていた。それが百五十万円近くになっている。

母はちゃんと息子のことを考えていた。言い返したいが、ここでうかつなことを言っては、母が手をつけずにいたあの金も真里恵に半分渡さなければいけなくなる。

私はね、違うの、と真里恵の目が据わった。

「私は菜々子をあなたと同じ目には絶対あわせない。離婚するなら、子どものために必要なお金は絶対に確保する。ごめんね、あなたのママみたいにご立派じゃなくて。でも私があなたのママなら養育費はきっちりもらって、あんなお風呂もないようなアパートで子育てなんてしない。あんなぼろいアパート……」

「うるさい」

言葉をさえぎって顔を伏せると、真里恵の足元が目に入ってきた。足首の金のアンクレットが妙に扇情的で、宮川は目を閉じる。

「真里恵。お前の実家は裕福じゃないか。なんでそんなに金に執着するんだ」

真里恵が首をかしげた。

「執着？　当たり前のことでしょ。だからうちはお金に困らないのよ」


夫がいる限り、実家から戻らないという真里恵の意志は固く、それを見た菜々子は公演まで稽古場《けいこば》近くに住む仲間のところに泊めてもらうと言って、一昨日家を出ていった。

そんな事情で他人の家に娘が世話になるのは耐えがたく、身の回りの品をバッグに詰め、宮川は世田谷の自宅を出た。真里恵が戻ってきたら、菜々子も帰ってくるだろう。この数日間の反省もこめて娘にその旨をメールで送ったが、菜々子からの返事はない。

新宿のはずれにあるホテルに荷物を置き、菜々子がアルバイトをしているダンス用品の店に宮川は出かける。水曜日はアルバイトを夕方に終え、菜々子はフランス語会話のスクールに通っているはずだ。

アルバイトが終わる時間より少し早めに着くように、新宿にあるその店まで歩いていくと、ちょうど菜々子が通りに出てきた。誰かを探しているのか、あたりを見回している。そして軽く手を振ると、うれしそうに微笑んだ。

小走りで向かっていく先を見ると、長身の男がガードレールに軽くもたれて、煙草《たばこ》を吸っている。あの男だった。

母の写真を撮ったタチバナ・コウキだ。

年末に見たときはチノパンツに素足でしゃれた色のビットモカシンを履《は》いていた。しかし今日は同じチノパンツに黒いワークブーツを履いている。伏し目がちに煙草を吸っている姿は、その昔、大河のほとりで流木にもたれて一服していたシルエットとそっくりだ。

タチバナの前に立った菜々子がいたずらっぽく煙草を取り上げた。少し戸惑った顔でタチバナが菜々子を見て、返せというように手をのばした。

小悪魔的な娘の仕草に、思わず名を呼んだ。

「菜々子。おい、ちょっと、何してるんだ、あんたも」

菜々子がタチバナに煙草を返し、ガードレールにもたれていたタチバナが身を起こした。

前も思ったが、自分と同年代なのに、この男にはたるみがない。むしろ若いときよりも精《せい》悍《かん》だ。それが無《む》性《しょう》に気にくわない。

ジャケットのポケットから携帯灰皿を出し、タチバナが煙草を消した。そして軽く驚いた顔で「ご無沙汰しています」と、丁寧《ていねい》に頭を下げた。

「その節は……」

「その節もあの節もないよ。あんた、うちの娘と何してるんだ」

何もしてない、と菜々子が答えた。

ほっそりとした姿がタチバナに寄り添っている。そうしていると年の差のある恋人、それもかなり見た目の良い恋人同士に見えなくもない。

「菜々子、なんだ、この人は。どういうことだ」

どういうことって……と菜々子が顔をしかめた。

「公演の写真を撮ってもらうの、今度の舞台の」

「ひょっとして友だちの家って、この人の家か」

違う、と菜々子が答えると、タチバナがポケットから畳んだチラシのようなものを差し出した。菜々子が今度参加する公演のパンフレットなどの撮影を請け負ったのだという。

畳まれたチラシの上には名刺が添えられていた。カタカナではなく、「立花浩樹《ひろき》」と漢字で名前が書かれている。もう一度写真の仕事に戻りたくて、東京に出てきたそうだ。

どうしてこの人に頼むのかと菜々子に聞くと、母から紹介されたのだと言っている。

「おばあちゃまが、ぜひそうしてもらえって。立花さんの写真がすごく良いって。最後に会ったときもそう言ってたから、推薦したの」

「どうしてパパに一言、言わないんだ」

「どうしてパパに一言、言わなくちゃいけないの」

居心地悪げに立花がジャケットの胸ポケットに手をのばした。

「娘の前で煙草はやめてくれ」

すみません、と立花が軽く頭を下げた。

「菜々子、この人はな、アマゾンだのヒマラヤ山脈だのが専門だ。山や大河は撮るけど、人は撮らないよ」

「そうなの？　でもおばあちゃまのフォトアルバム、すごくきれいだったよ。パパだって、いつもお酒飲みながら、おばあちゃまと一緒に撮った写真を見てるじゃない。あれは立花さんの作品でしょ」

自分の情けなさを非難された気がして、宮川は黙る。

菜々子さん、と声をかけ、「宮川さん」と呼び直すと、先に行くと言って、立花が駅に向かっていった。

「先に行くって、どこに行くんだ」

稽古場、と代わりに答えて、菜々子が目を怒らせた。

「パパ、失礼。失礼すぎる、今のは立花さんに」

そうかな、と言ったものの、菜々子の目が怖くて「ごめん」と宮川はつぶやく。

「たしかに少し……度が過ぎたかもしれない」

「ちょっとおかしいよ、最近のパパ。私たちは人手が少ないから、立花さん、いろいろ手伝ってくれてるのに。今日だって搬入の手伝いに来てくれたんだよ、力仕事は慣れてるからって」

ひょっとしたら、もしかして。

宮川は奥歯を嚙《か》みしめる。自分は、たしかに、心がどこか壊れ始めているのかもしれない。

「そうか、悪かった。ごめん、菜々子」

で、何の用、と冷ややかな声がする。

「パパが家を出たから、ママが戻ってくるよ。だから菜々子も家に帰りなさい」

「あ、そう。でも公演が終わるまで今のところにいる。便利だから」

数時間前に荷物を置いた安宿のことを宮川は思う。

娘のためにと不便を耐える気でいたが、その思いは独りよがりだったようだ。それとも夫婦げんかがこじれただけと、菜々子は軽く思っているのだろうか。

真里恵から離婚届が渡されていることを伝えようとして、宮川はやめる。公演が終わってからでも遅くない。

「用事はそれだけ？」

「それから今度のチケットを……パパ、久しぶりにお前の公演を見に行こうかと思って。ちゃんと買わせてもらうよ」

「来ないで」

「そうか。じゃあ花でも贈る。いつものホールでいいのかな」

「あそこじゃないの」

「じゃあどこだ。チラシを見ればいいか……」

立花に渡されたチラシを広げて、宮川は驚く。美しいチラシだったが、ポーズを取ってい
るダンサーの衣装は透けていて、かなりエロティックだ。

「菜々子、なんだこのスケスケは。ほとんど裸じゃないか」

「そういうところを見ないでよ」

菜々子がチラシを取り返そうとした。

「それに主催はなんだ？　こんなバレエ団、聞いたこともない」

「バレエ団とは別の活動、自主公演」

「じゃあ公演だの、レッスンだのってこっちの話のことか。この裸踊りの？　ママは知って
るのか？　お前をストリッパーにするためにスイスまで留学させたんじゃないぞ」

「じゃあ何にするために？」

何にって、と宮川は口ごもる。

ストリップじゃないけど、と菜々子が強い口調で言った。

「でもストリップショーだってダンスだし。クラシックばっかりがすべてじゃないでしょ」

「菜々子、あのな。お客に食い物やドリンクを運んでくつろがせるのを飛行機でやればキャ
ビンアテンダント、地上でやればウェイトレス、夜の店でやればホステスだ」

「何を言い出すの？　その言い方、どの職業も馬鹿にしてない？」

「馬鹿になどしていない。するはずがない。つまりな、権威ある組織の下《もと》でやれば、人の見方が違うって話だよ。バレエ団がやれば芸術、よくわからん集団がやったら裸踊りだ」

「そんなふうにしか見られないの？」

「パパのおばあちゃまがママの家の人たちにどう見られていたか、お前も薄々知ってるだろ。似たような仕事で、たった三、四年、お遊び程度しか働いてないのにママは元スッチーって大威張りで、おばあちゃまは女手ひとつでパパを大学までやったのに、ホステスあがりと陰口をたたかれてた」

菜々子が黙った。

「だろ？　世の中ってのはそう見るんだ。体裁が整ってないと……」

もういい、と菜々子が言葉をさえぎった。

「稽古をしてる動画を見せたら、おばあちゃまはほめてくれたよ。ママだって少し驚いたけど、わかってくれてる。バレエ団を退団してこっちに専念するって言ったら、いやがるだろうけどね」

私のことはいいよ、と菜々子が手にしたバッグを肩にかけた。

「自分の居場所は自分で作るから。それよりパパもママも頭を冷やして」

娘が駅に向かって歩き出した。

「待って、菜々子、話は終わってないよ。家に帰れ、菜々……」

あとを追いかけようとして、宮川は足を止める。優雅な足取りなのに、菜々子の歩くスピードは速く、瞬《またた》く間に人波にまぎれていった。

一週間後の夜、チラシに書かれた渋谷《しぶや》の小さなホールに行くと、思った以上に人が集まっていた。来ないでといわれたが、インターネットでチケットを買い、宮川はホールの座席に座る。真里恵と鉢合わせする気がしたが、こうした場所で会えば互いに気持ちが近づき、良い方向に進展するかもしれない。サルサの講師との関係は気になるが、それはあらためて聞けばいい話だ。

大きく息を吐くと、隣に座っていた女性がパンフレットで軽く顔の前をあおいだ。臭うのだろうか。ポケットからミントのタブレットを二粒出して宮川は嚙みしめる。

新宿のホテルに移動したら、酒の量が増えた。そのうち手持ちの金が尽きてきて、何をしているのかと我に返った。

そうかといって、何をしたらいいのかわからない。仕事を探すにせよ、どこも不景気なのは同じだ。四十代半ばの男を採用してくれるところがあるとも思えず、それを体感するのが怖くて動けない。

それでも昨日の昼は今日の舞台を見に行くため、世田谷の家にジャケットや靴を取りに戻った。ところがドアの鍵が開かない。

真里恵に電話をしたが、出ないのでメールを送った。すると玄関の鍵を替えたのだという。荷物を取りに来るならあらかじめ連絡をくれという返信に打ちのめされ、ホテルに戻ってまた飲んだ。

女が腹をくくると、こうも無慈悲になるものなのか。

何もかもがむなしくなり、ものを考えるのも面倒で、今日も朝から飲み続けた。そしてこのホールに来るまでに二度ほど路上で吐いてきた。

隣の女がハンカチを鼻に当てた。

すみませんね、と思いつつ、もう一粒、ミントのタブレットを口にする。

沈み込むようにして席に座っていると、あたりが暗くなった。

ダンスが始まった。パンフレットによると、インドの神々をモチーフにしたダンスらしく、薄い布をまとった男女が長い耳飾りをつけて踊っている。彼らが頭を振るたびにしゃらしゃらと装飾品が音をたてる。その響きに夢見心地に誘われ薄目で見ていると、突然、母が舞台中央に現れた。

遠い夏の日、朝日のなかで髪を梳いていた母そのものだ。

お母さんとつぶやきかけて、宮川は黙る。

母であるはずがない。しかし、目の前の舞台で、若く、美しい母が信じられないほど高く跳躍し、空中で優雅に舞っている。

お母さん、と宮川は舞台を眺める。

足、楽になったんだね。

もう車椅子も痛み止めの注射もいらないんだね、お母さん。

あんな山奥の施設に。たった一人、置いていって。

自分は母を置き去りにしたのだ。思い出したら、涙がこぼれてきた。

軽やかに地を蹴り、母が跳ぶ。身体にまとわりついていた薄布がそのたびにふわりと宙に舞い、空を浮遊しているようだ。

お母さん。

光のなかで若き母が手を差しのべ、微笑んだ。

あの時、自分は何を言ったのだろう。クリスマスツリーの下で。

そうだった。

宮川は笑う。あの時、自分は母にあやまったのだった。唐突に一言、ただ「ごめん」と。

立花に暴言を吐いたことを。見舞いに来なかったことを。世田谷の家に呼び寄せず、施設に送り出すことを。この町を捨てたことを。生まれと育ちを恥じていたことを。妻子を連れて会いに来ることもせず、忙しさにまぎれて忘れてさえいたことを。

あやまる理由を口にするのが辛く、そうかといって黙っていられず、言い訳をするにも抵抗があり、落ちた膝かけを拾って、母の手に触れたら、たった一言、絞り出すように「ごめん」という言葉が口をついて出た。

母は何と答えたっけ。

思い出した、と宮川はつぶやく。

いいよ、と笑っていた。

「いいよぉ」

よ、の語尾をやわらかく伸ばす、あの土地特有の言い方で。

ひときわ高く跳躍し、紗《しゃ》の布をたなびかせて母がステージ中央に降り立った。そしてしなやかに両腕を差しのべると、再び微笑んだ。その腕のなかから墨の香気が立ちのぼった気がして、宮川は腰を浮かせる。

音楽がやんだ。地鳴りのような歓声と拍手が響いて、宮川は我に返る。

吐き気がこみあげてきた。あわてて席を立ってトイレに向かう。こみあげるものは便器に出したが、これ以上、席に座り続ける気力がない。

エントランスを出たら、再び吐きそうになり、裏手の植え込みに向かった。

地面に手を突いて目を閉じると、母はどこかで生きている気がした。そこにいる母は朝焼けを眺めていた頃の姿で、軽やかに飛翔しているのかもしれない。たった今、菜々子が踊ってみせたように。

お父さん、と聞きなれた声がした。

うずくまったまま、顔だけを上げた。舞台衣装を着た菜々子が膝を突いて、手を差し出している。

出番はもう無いのかと聞こうとしたら、「帰ろう」と言われた。

「一緒に帰ろう」

「帰る？　帰るってどこに？」

かすかに娘が微笑む。その顔が再び若い頃の母の顔に重なっていく。

涙があふれた瞬間、その熱さに目が覚めた。

顔を上げたつもりだったが、身体はうつぶせていた。わずかな時間だが、眠っていたことに気付いて、宮川は身を起こす。

「帰るって……どこにだよ」

これほど長く暮らしている東京なのに、帰ろうと言われて浮かんだのは、母と暮らした故郷のアパートだった。

参ったな、と宮川はつぶやく。自分の下で立花の背が強《こわ》ばるのを感じた。無言で抗議をしているようだ。

たしかに、参っているのは、酔っ払いを背負う羽目になった立花のほうかもしれない。

「すんませんね、立花さん。力、抜けちゃって」

「もう歩けますか？」

「無理」

植え込みの近くでうずくまっていたら、立花に声をかけられた。顔を上げると楽屋口の標示が見えた。どうやら外で煙草を吸おうと出てきたらしい。

撮影はいいのかと言ったら、昨日のゲネプロと呼ばれる衣装を着けたリハーサルと、昼間の公演で仕事は終わったと言う。そのあとたいした用事もないので、夜の部まで残って雑用を手伝っていたそうだ。

大丈夫かと助け起こされて、大丈夫じゃないと答えると、立花が電話でタクシーを呼んだ。しかし週末で車が出払っているようだ。

大きな通りに出て、車を拾おうと提案されて、なんとか立ち上がった。しかし歩き出したら、すぐに足の力が抜けた。置いていかれるかと思ったら、立花に背負われた。

自分は小柄だが、男一人を背負えばそれなりに重いはずだ。しかしそんな素振りを見せずに立花は歩いていく。思えば二十年ほど前、秘境へ撮影旅行に行くという、テレビのドキュメンタリー番組に出ていたときも、ずいぶん重そうな装備を担いでこの男は黙々と険《けわ》しい道を歩いていた。

『ネイチャリング・シリーズ』と銘打たれたその番組にはグルメやエステなどの情報は出てこない。ただストイックな雰囲気を持つ大柄な若者が自分の身一つで激流や絶壁を越え、その先に広がる景色を紹介していく。遠い砂漠の星空や大きな湖を埋め尽くすほどのフラミンゴの群れを、この男の旅路の果てにテレビを通して眺めた。

番組内でこの男が愛用していたフィールドジャケットやライターがあまりに格好良くて、『Kouki』というオリジナルブランドの品物を買ったことがある。しかし小柄な自分の体型には、まったく似合わず、がっかりしたものだ。

振り返ると、ホールが遠くに見えた。しかし立花の歩調は緩まない。最近、すぐに息切れする自分の身体を思うと、同世代なのにずいぶん強靭《きょうじん》だ。

「あんた、今も鍛えてるの?」

鍛えているわけではないが、荷物はよく運んでいると立花が答えた。故郷にいるときも今も、宅配便の配送や仕分けのアルバイトをしているらしい。

「それでガタイがいいんだ。いいね、俺なんて腹が出てきて。痛風も怖いし、最近、動悸《どうき》息切れめまいがコンボで乱れ打ち」

「酒をやめたらどうですか」

「やめたらさ、怖いじゃん。俺ね、会社やめたんですよ。でもさ、次、どうしたらいいんすかね。何がしたいかって思ったら、ああ……俺、ネイチャリング・シリーズのファンだったんだよ」

薄目を開けると、道の脇に桜が咲いていた。

「学生のとき、あんたの番組を見て、俺も作ってみたいな、ドキュメンタリーって思って。もっと硬派の、バリッと、こう……海外の貧困とか戦争とか？　そういう人道派ドキュメンタリーなやつ。格好いいじゃん。でも気が付いたら、違うところに行ってた、エロとお笑い。いいんだけどさ、面白かったから」

それなのに職を追われた。余剰人員というだけではなく、仕事に対する姿勢も原因のひとつだったのかもしれない。仕事相手と裸の付き合いも厭《いと》わず、濃い人間関係を作って働いてきたが、最近はもっとスマートで清潔で、淡い付き合いの働き方が好まれるようだ。

「面白かった……だから、いいんだよ。でも、俺、これから何をしたらいいんだろうね」

「知りませんよ」

冷めた言葉が戻ってきた。少し低めのいい声だ。

「もう歩けますか」

「無理」

ため息まじりに、立花が軽く背負い直した。

「あんた、今、俺のこと落とそうとしてなかった？　落とすなよ、荷物じゃないんだから」

「荷物なら落としませんよ」

立花の声がして、ふわりと身体が落ちかけた。

「ごめん、すみません、落とさないで。申し訳ない」

身体を支えられている感触が戻ってきた。安堵《あんど》の息をもらしたら「うらやましい」という声になった。

「うらやましい？」

「俺、あんたがうらやましい。ちゃんと母親にしっかり向き合って。何にも束縛されてなくて、うらやましい。あんたの番組、俺、どれもワクワクしながら見たよ。カヌー漕いだり、たき火をしたり、どれもむちゃくちゃに格好良かった」

「格好良く撮ってくれたんですよ」

「いや、違う。あんた、たたずまいがいいんだ。ただ自然のなかに立っているだけでサマになってた。写真を撮っている姿が途方もなく自由で愉しそうでさ」

だから、と苛立《いらだ》たしげな声がする。

「そんなふうにテレビの撮影クルーが撮ってくれたんですって」

「ちきしょう、俺があんたみたいな外見だったら、女房も菜々子もついてきたのかな」

「ついてきませんよ。うちには嫁さんも孫もいないって、あなたを見て、母が嘆いていました」

「でも、おふくろさんはほめてたよ。あんな大借金、よくぞ一人で返したって」

「僕らの年代の男なら、誰しも住宅ローンを背負っているでしょう。それとたいして変わらぬ額ですよ」

噂では、タチバナ・コウキが個人事務所の倒産で背負った負債額は数千万、あるいは億を超えるという話だ。社長だった巻島雅人《まきしままさと》の不動産投資の失敗に絡んでの負債という話だったが、それについて何も語らず、この男は静かに消えていった。

昨年末に病院の喫茶コーナーでお互いの母を交えて話をしたことがある。立花が煙草を吸いに中座したあと、彼の母親が言っていた。親から見ても壮絶な倹約と働きぶりで、その負債は昨年完済されたそうだ。

住宅ローンは終われば家が残るが、彼には何が残ったのだろう。もう若くはない身体と、写真家としておそらく十五年以上のブランクと――。

立花が立ち止まった。

「タクシーが来てますけど、止めましょうか。宮川さんはどこまで行くんですか」

「あぁ、タクシーね。シータク。あんた、あなた、コウキさん、俺はどこに行ったらいいんでしょう」

知りませんよ、と再び立花が言う。今度の声は困惑気味だ。

「家……出てね、ずっと新宿のホテルにいて。でも金が尽きてきた。いろいろ不便だ。でも帰れない。俺の家、女房の実家の敷地に建ってましてね、あいつと別れたら家にも帰れない。

さっき夢の中に娘が出てきて、一緒に帰ろうって言いました。でもその家ってどこなんでしょう」

薄目を開けると、タクシーが目の前を通り過ぎていった。

立花は黙っている。

「家ってどこだ？　そう思ったとき浮かんだのが朝日の当たる家で、おふくろと暮らしたアパートで。あなた、タチバナ・コウキは俺の高校の一個下だよね。知ってる？　山のほうのあの町」

地名を言うと、知っていると立花が短く答えた。

「そこのさ、臭い……月曜と木曜になるとゴミの臭いがするアパートが俺んちで。そこに場違いに綺麗《きれい》なおふくろ。考えてみたら俺の家ってあれこそが家みたいで。おふくろ……俺だけが綺麗だと思っていたのかもしれないけど」

「綺麗でしたよ」

「いい加減なことを言うな。しわくちゃの顔しか知らないくせに」

「お綺麗な人でした」

立花が再び歩き出す。しっかりとしたその足取りは、嘘のない歩き方に思えた。

この男がそうだと言うのなら、やっぱり母は美しかったのだ。

「菜々子に、娘に、いい加減に頭を冷やせと言われた。生意気な、そう思ったけど、あいつ、自分の居場所は自分で作るから心配するなって……」

「静枝《しずえ》さんと似てますね」

「静枝さん。おふくろのこと、そんなふうに呼んでいたんだ」

「そう呼んでくれと言われましたから」

「おふくろ、あなたに惚《ほ》れてたのかな」

まさか、と笑うかと思ったが、立花は黙っていた。

母は、惚れていたのかもしれない。この男の慎《つつし》み深さに。

「あのフォトブック、ずっと手元に置いてたらしいよ。おふくろは、あなたの写真に見送られて逝ったんだと思う」

ありがと、と声が出た。

「おふくろにやさしくしてくれて、ありがとう」

参ったな、と立花がつぶやく。

「何が参ったのよ」

「落としづらくなってきた……」

「だから落とさないでよ」

立花が笑った気がした。

目覚めると、部屋のなかには朝日が満ちていた。隣を見ると、立花はすでに起きて、寝袋を畳んでいる。

目をこすりながら、宮川はあたりを見回す。部屋の隅に小さな座卓がある以外は何もない部屋だ。ゆっくりと身を起こすと、それに気付いた立花が未開封の水のペットボトルを渡してくれた。

礼代わりに軽く手を上げて受け取り、宮川は昨夜のことを思い出す。

立花の背に揺られ続けていたら、いつのまにか眠っていた。気が付くと住宅街に入っており、腰ぐらいの高さのフェンスに付いた門を開けて、立花が進んでいく。幅の狭い小道を揺られていくと、奥に古びた大きな二階建ての家があった。

立花が背から降ろしてくれるなり、気分が悪くなって、いきなりトイレを借りた。入った個室にはピンクのスリッパや可愛い造花が飾られていて戸惑った。

その戸惑いを察したのか、トイレから出ると、ここはシェアハウスで、ほかにも同居人がいるのだと立花が言った。立花の部屋は二階にあり、ダイニングキッチンや風呂、大きなテレビなどが置かれた一階のリビングはその同居人との共用らしい。

二階の立花の部屋に入ると、公演が終わったら迎えにきてもらうように菜々子に連絡しておくと言って、立花が布団を敷いた。それまでは布団を使ってもいいというから、横になると、すぐに寝入ってしまった。

こうして今、朝になったところをみると、菜々子は迎えにこなかったようだ。

ボトルの水を半分飲んでから、宮川は布団を畳む。

立花が開けた押し入れに布団を片付けると、一枚だけ長押《なげし》に写真が飾ってあるのに気が付いた。

母が持っていたのと同じ、朝日を拝む少年の写真だった。

「この男の子の写真、おふくろも気に入ってたみたいだ」

女の子なんです、と立花が写真を見上げた。

女の子？　と立花の隣に並んで写真を眺める。少女だとしたら、ずいぶん飾り気のない子だ。

「あの子は夜明け前からあのロバを連れて下の村まで歩いていって、井戸に水を汲《く》みにいく。何度も何度も。同じ年頃の子のことを考えたら、不憫《ふびん》になって不用意なことを聞きました。幸せ？　と」

「幸せなはずないよ」

「でも即答された。幸せだと」

「痩せ我慢か」

「そう思いました。でも違った。家族がいて、ロバがいて、生きていけるから幸せ。水汲みはつらいけど、毎日、村一番にきれいな朝日を拝める。そのたびに生まれ変わった気持ちになれるから幸せだと」

「そんなもんかな」

「片言の現地の言葉と身振り手振りだったから、間違えて理解したところもあったかもしれない。でも、幸せだと笑っていたのは確かです」

コーヒーを淹《い》れてくると言って、立花が部屋を出ていった。

夜明けの光に手を合わせる少女の写真を宮川は見上げる。朝日を拝むたび、生まれ変わった気持ちになれるというのは、朝日を浴びると長生きするという発想と、どこか似ている。

きっと、世界中のいたるところで、朝日を浴びる女がいる。日の出前まで働く女、日の出前から働き出す女。

みんな愛しい誰かを守り、明日への希望をつなぐために。

開け放した窓から、やわらかな風が吹いてきた。

外を見ると、満開の桜が朝日を受けて輝き、街のあちこちをやさしく彩っている。

一人に戻ってみようか。

淡紅色《たんこうしょく》の光を浴びながら一人、宮川は街を眺める。

振り出しに戻って出直そうか。生まれ変わった気持ちで、やり直そうか。

朝日が当たる場所から、もう一度。

# 薔薇色の伝言

庭先から大きな声がする。押しの強そうな、少し高めの男の声だ。

「コウキさん、コウキさん、これでいいの？」

もう少し傾《かたむ》けて、と低い声がした。こちらは耳に心地よく、かすかに聞き取れるほどの響きだ。

「どっち？　こっち？　手前？　あっちか」

私は、と今度は女の声がした。

「あの……どちらを見ていたらいいでしょう？」

「佐山《さやま》さんはあっちでしょ。えっ、そっち？」

うるさいな……。

髪に巻いたホットカーラーをはずしながら、瀬戸《せと》寛子《ひろこ》は二階から庭を見下ろす。

窓の下で隣室に住む立花浩樹《たちばなひろき》がカメラを構えていた。その視線の先にはサーモンピンクのワンピースを着た中年の女とレフ板を持った小柄な男が立っている。

宮川《みやがわ》さん、と立花がレフ板を傾けている男に声をかけた。

「菜園、踏んでます」

「あやや、失礼……っても、何も植わってないでしょ」

「ネギが埋めてあります」

あ、ほんとだ、と宮川が菜園から足を引っ込めた。

宮川と呼ばれている男は、立花の助手のような仕事をしており、二週間前にこのシェアハウスに入居してきた。生え際が後退しているのか、単に広いのかわかりにくい額《ひたい》を持つ男で、その顔にはいつも照りというか、てかりがある。それを見るたび、寛子はあぶらとり紙で押さえたくなるのだが、本人は気にしていないようだ。

カメラを構えていた立花が動きを止め、こちらに目礼した。

それに気付いたのか、レフ板を持っている宮川とモデルらしい中年女が続いて頭を下げた。

中年三人組だと思ったが、すぐに考え直した。十代や二十代から見れば、三十代に入った自分も立派な中年組だ。しかも世の中にはそろそろ部下を持ったり、独立して店を構えたりする同世代もいるというのに、この年になって再就職の面接に向かう身だ。

何してんだろ……。

窓から離れてドレッサーに向かい、寛子は髪を整え、メイクを始める。

ほんと、どうしたらいいんだろ……。

三年前に化粧品専門店の美容部員から、睫毛《まつげ》のパーマやエクステンション、フェイスエステやメイク、ネイルなど、美容のすべてをリーズナブルに提供する美容サロンに転職した。

そこは都内に支店をいくつか持っており、寛子が勤めていた東横《とうよこ》線沿線の店もそこそこ活気があったのだが、今年から規模を縮小するとのことで二ヶ月前に閉店してしまった。これを機に人員も削減したいのだという。

自分は美容師の資格を持っているし、他のスタッフよりも技術を磨いてきたつもりだ。おそらく閉店されても他の店舗に移れるだろう。そう思っていたら、真っ先に人員整理の声をかけられてしまった。おそるおそる店長に理由を聞くと、それだけの技術があれば、どこでもやっていけるからだという。うまい言い方だ。

でも、たぶん、おそらく……。

認めたくないけれど、本当の理由はわかっている。

メイクや眉、睫毛のケアやエステの技術には自信がある。だけど接客や人付き合いがあまり得意ではない。特に若い客を相手に、友だちのようにつかず離れずの何気ない会話がうまくできない。それは客だけではなく、同僚たちとも同様で「暗い」と言われている。

この仕事に就く前に、街の化粧品専門店で美容部員をしていたときも、実は似たような理由で辞めている。

その店でも、タッチアップと呼ばれる客へのメイクアップや、似合う色、メイクのアドバイスなら、いくらでも説明できた。しかし月々のノルマを達成するため、たくさんの商品を客に買わせる押しの強さがない。

どれほど心をこめて似合う色を選び、メイクのアドバイスをしたところで、最近の客たちはその場で買わず、インターネットで同じ品物を安く買ってしまう。それを防ぐには結局、「この人から物を買いたい」と思わせるセールス・トークや人間的な魅力が必要なのだが、そうした力が自分には備わっていないようだ。

悩んでいても手は素早く動き、鏡のなかには悩みとは無縁の明るい女の顔が現れた。

二ヶ月前に仕事を失って以来、渋谷《しぶや》駅近くのドラッグストアで週に五日、美容部員のアルバイトをしながら、職を探してきた。

今日は午後からブライダルを専門にしているヘアメイク事務所の面接がある。結婚式に特化したヘアメイクなら一期一会で、客との継続した関係性を作らなくてもいい。しかも自分の原点に立ち返れそうな気がする。

チークパウダーを一刷《ひとは》けして、寛子は立ち上がる。食事をしてから唇を仕上げて出かけようと、部屋を出た。

階段に差しかかると、庭から笑い声が聞こえた。話しても笑っても、宮川の声はとてもよく通る。

近所迷惑ではないかと思いながら、寛子は階段をゆっくりと降りる。

目黒《めぐろ》区の住宅街にあるこの一軒家は『ナカメシェアハウス』という名前だ。昭和の中頃に建てられた木造建築で、元はアパレル会社の社員寮だったところをシェアハウスにしたという。

寛子が住む二階には八畳間が三部屋、一階には六畳と十二畳の部屋が一つずつあり、どこもドアに鍵がつけられ、合計五人が暮らせるつくりになっている。共用部分としては二階にトイレと洗面台付きのユニットバスが一つ、一階に独立した洗面所、トイレ、風呂といった水回りと、ダイニングキッチン、それに続く大きなリビングルームがあり、社員寮になる前はその会社の会長宅だったらしい。

東京の美容専門学校に入学以来、府中市《ふちゅうし》にあるアパートで三つ年上の兄と十二年近く同居していたのだが、その兄が結婚することになった。それを機にこのシェアハウスで暮らし始めたのが二年前。

当時、この家は女性限定で、住人は代官山《だいかんやま》にあるカフェのスタッフ、服飾専門学校の学生、ダンサー、フランス人留学生と、個性的な女性たちが昭和のヴィンテージ・ハウスでおしゃれに暮らしているという雰囲気があった。場所は中目黒《なかめぐろ》や代官山の駅まで歩いていけるうえ、家賃は八畳間が光熱費込みで三万円と格安だ。担当の不動産屋と内見《ないけん》に来て、ほぼ即決で入居を決めた。

ところが水回りやキッチンなどは改装されていても、古い木造家屋はすきま風が吹き込み、冬がたいそうつらい。そのうち一人、また一人と結婚や卒業、帰国などを理由に出ていき、昨年の秋にはとうとう入居者は寛子一人になってしまった。それから何度か入居希望の女性が不動産屋とともに内見にきたが、人の少ないシェアハウスは陰気でわけありげに見えるようだ。なかなか入居者が決まらない。

困った大家が年明けに男性の入居者を入れてもいいかと聞いてきた。この家は個室のプライバシーも保たれているし、二階と一階にそれぞれ風呂とトイレがあるから、気になるのなら、それぞれを男女専用にすれば問題はないだろうという。

抵抗はあったが、断れば出ていけと言われる気がした。それによく考えれば、以前の住人たちのように、おしゃれな人々が入ってくるのは、異性だとしても決して悪い話ではない。

もしかしたら恋のようなものも始まるかも……とひそかに期待していたのだが、二月の終わりに来月から四十過ぎの男が入居するという連絡が来た。昨年までここに住んでいたダンサーの紹介で、配送関係の仕事をしている元カメラマンだという。

それを聞いたとたん、男性の入居者をＯＫにしたことが悔やまれた。

四十男と三十女がシェアするヴィテージ・ハウス。選んだ理由はおそらく格安の家賃。そうなると、ヴィンテージ・ハウスというより、古家という言葉のほうが頭に浮かんでくる。急にうらぶれた気分になった。

ところが三月になって現れたのは、若くはないがうらぶれてもいない、端整な顔立ちの男だった。髪と服装は無造作だが清潔そうで、どこかなつかしい。〝イケメン〟と言うより、〝いい男〟という言葉がよく似合う。

立花浩樹と名乗るその人は鴨居《かもい》に頭がつかえそうな長身で、入居するとすぐにリビングの電球が一つ切れていたのを取り替え、ネジがゆるんで傾いていた門柱の郵便受けを直してくれた。

定期的にしているという配送関係の仕事は夜勤らしく、週に何日か夜になると家を出ていき、明け方に戻ってくる。生活のリズムが違うので顔を合わせることも少ないし、立花自身も共用のリビングやキッチンにめったに出てこない。

同居人が男性というのには抵抗があったが、始めてみると悪くはなかった。それどころか家に帰って、立花と顔を合わせたとき、「お帰りなさい」と声をかけられると、ほんの少し心がときめく。気が付くと共用の場所に行くときは軽く身だしなみを整えていくようになった——。

階段を降りてキッチンに入り、寛子は冷蔵庫を開ける。

庫内には「宮川」とフェルトペンで書かれた大量の発泡酒が入っていた。その発泡酒を横にのけ、奥から「瀬戸」と書いた全粒粉の食パンを取り出す。

オーブントースターに食パンを入れると、今度は宮川の駄洒落《だじゃれ》が聞こえてきた。

この宮川は当初は立花の知人だった。

一ヶ月半ほど前の夜、立花が部屋のドアをノックした。扉を開けると、大きな身体《からだ》を申し訳なさそうにかがめて、泥酔した知人を一晩泊めてもよいかと聞いた。

この家では異性と一つ部屋になる宿泊は禁止となっている。同性の友人を泊めるときは他の部屋の住人の許可を得るというのがルールだ。人付き合いが苦手そうな立花が誰かを泊めるというのが意外だったが、申し出を承諾した。

すると翌日の午後、小太りの中年男と立花がキッチンでカップ焼きそばを食べていた。座っているとあまり感じないが、立って並ぶとかなりの身長差がある、でこぼこコンビだ。

それからその男、宮川は時々立花のもとに来るようになったが、二週間前の五月一日に一階の六畳間へ正式に入居した。この人も立花同様、以前住んでいたダンサーの紹介で、彼女の後輩の父親らしい。先月離婚したばかりで、この家は昔、住んでいたところと日当たりの感じが似ているそうだ。

立花が共用のスペースにめったに出てこないのとは対照的に、宮川はダイニングキッチンでよく食べ、よく飲み、昼も夜もリビングルームのソファに寝転がってテレビやＤＶＤを見ている。

自分の部屋にテレビはないのかと聞くと、ないと言った。パソコンで見ることはできるが、大画面で見たいのだという。

昼間から発泡酒片手にだらしなくテレビを見ている中年男。昭和時代の古家との組み合わせは、悪い意味でよく合い、うらぶれた感じが満載だ。それに慣れたら、共用の場所に行くときに身だしなみを整えるのが、面倒になってしまった。

トーストが焼き上がる音がした。濃いめに淹《い》れたコーヒーにミルクを入れ、寛子はダイニングテーブルに座る。

玄関から声が響いてきて、外にいた三人がダイニングキッチンに入ってきた。

立花が軽く頭を下げ、テーブルを使ってもいいかと聞いてきた。答えるかわりに寛子は空いている席を指し示す。

立花に勧められ、佐山と呼ばれていた女が寛子の二つ隣の席に座った。

フィールドジャケットを脱ぎ、立花が自分の椅子の背にかけ、ノートパソコンをテーブルの上に広げている。脱いだジャケットの下には黒いコットンセーターを着ていて、首回りが伸びていた。だらしなく見えてもいいはずが、不思議とそうは思えない。それどころか軽くたくしあげた袖《そで》から出ている腕に目がいった。

宅配便の仕事はハードなのだろうか。この人はずいぶんたくましい腕をしている。

宮川が立花の後ろに立ち、パソコンの画面をのぞきこんだ。今日はいつにも増して顔がてかっている。

「なんかさ、どれもちょっと老《ふ》けて見えない？　コウキさん」

すみません、と女が申し訳なさそうに言った。

「老けて見えるんじゃなくて、それが地なのよ、宮川さん」

「いやいや、そういう意味じゃなくってさ」

宮川が景気の良い声を出した。

「佐山さんはこーんなにイイ感じなのに、いまいちそれが出てないって言うか。緊張してんでしょ」

口がうまい。しかもこの男のほがらかな声で言われると、本当にそうだと思えてくる説得力がある。

「たしかに緊張してます……」

佐山と呼ばれた女がうつむいた。パソコンを操作していた立花が、いたわるような目を向けた。

「佐山さん、時間はありますから、リラックスしてください」

「そうだよ、お茶でも飲みましょう」

宮川が冷蔵庫からペットボトルのお茶を出した。その姿をちらりと見たあと、立花が騒がせていることの詫《わ》びを言った。

たしかに少しうっとうしい。しかしはっきり言えずに、気にしないでいいと寛子は答える。ほっとした顔で微笑《ほほえ》んだが、すぐに立花はパソコンに目を向けた。何かに悩んでいるようだ。

佐山さん、と立花が呼びかけた。

「僕はメイクのことはよくわからないんですが、もう少し……口紅を明るくしてみてはどうでしょう」

口紅ですか、と佐山が答えている。コーヒーを飲みながら、寛子は佐山の横顔を見た。必要なのは口紅ではなく頬紅だ。それ以上に必要なのは、たぶんマスカラだ。佐山の化粧は控えめすぎて輪郭がぼやけている。写真撮影をするなら、普段よりメイクを濃いめにしてちょうどいいぐらいだ。

佐山がバッグのなかから化粧ポーチを出した。

「口紅……これしか持ってきていなくて」

その口紅のケースを見て、ずいぶん昔のものだと寛子は思う。

化粧品は常に進化していて、口紅だけではなく、それをおさめるケースも頻繁にリニューアルを行っている。佐山が手にしているブランドの口紅は、アルバイトをしているドラッグストアでなら三、四本が買えるほど高価なものだ。ケースのデザインから見るに四年以上前に発売された品だが、見たところあまり使われていない。おそらくここ一番の時のために大事に使ってきたのだろう。誰にでもそんなお守りのようなコスメ、願いを託《たく》す色がある。

しかし女の顔は少しずつ変わっていく。それを補うには血色や輪郭を彩るラインが必要だ。

パソコンを見ていた宮川が立花の隣に座った。

「ねえ、瀬戸ちゃんってさぁ」

コーヒーカップを口に運びながら、寛子は宮川を見る。

「あやや、失礼。瀬戸さん……瀬戸さんって美容関係の人でしょ。駅前の店でたしか化粧品売ってるんだよね」

「今は、ですけど」

「今は、ってことはナニナニ？　昔は違う仕事してたの？」

宮川さん、とパソコンの画面を見ながら、立花が呼びかけた。

「家はシェアしていますが、お互いの事情までシェアする必要はまったくないんですよ」

わかってるけどさ、と宮川が額を軽くなであげた。

「よくある世間話じゃないの、ねえ？　瀬戸さん……。なんだろう、お話をしちゃ駄目ってことかい？」

そういうわけじゃないですけど、と立花がキーボードを打っている。

「僕を手伝ってくれるのは助かるんですが、瀬戸さんに限らず、互いの生活に深入りするのはやめましょうよ」

「だけどさ、男には化粧なんてワケわかんないじゃん。コウちゃんだって、それをなんとかしたくて考えこんでるわけでしょ」

「そのコウちゃんってのもやめてくれませんか？　僕の名前はヒロキですよ」

「細けえなあ〜。ヒロちゃんて呼んだら、瀬戸ちゃんとかぶっちゃうでしょうが」

はあ？

聞き返しそうになった声を寛子は呑《の》み込む。

瀬戸ちゃんでも馴《な》れ馴れしいのに、この人はそのうちヒロちゃんと呼ぶつもりでいるのだろうか。

硬いこと言わずに、と宮川が立花の背を軽く叩《たた》いた。

「コウキさんだって、俺のこと宮ちゃんとかヨッちゃんとか適当に呼んでくれていいんだよ。でも俺のほうが一個上だから、ヨッさんかな。あっ、瀬戸ちゃん」

「はい」

「言っとくけど、俺たちそういう仲じゃないからね。ほら、最近の若い女子たちはそういう妄想したがるんだって？　BL？　ボーイズ・ラブとかいう」

はあ？

再び口元まで出かかった言葉を寛子は呑み込む。

あんたら、どう見てもボーイじゃないでしょうが……。

どこからそんな発想が湧《わ》くんだと立花がつぶやき、横を向いた。

ゴメンゴメン、メンゴ、メンゴ、と歌うように宮川が言う。

「失礼、瀬戸さん、その手の女子と一緒にしちゃって。瀬戸さんはそういうのじゃないよね。こんなにきれいだし」

悪いが『そういうの』ですけど、それが何か？

無言の抗議をこめて宮川を見る。隣で佐山がうつむく気配がした。

横顔を見ると、いたたまれなさそうな顔をしている。

ひょっとして、この人……。

色味はとぼしいが、その分、堅実で真面目そうに見える横顔に寛子は思う。

この人もその手の本が好きなのかも……。

立花がノートパソコンを閉じた。

「佐山さん、どうでしょう、もしよかったら軽く散歩をしながら撮るというのは。近くにいい公園があるんです。桜は終わっていますが、新緑がきれいだし、いろいろ花も咲いているんですよ」

モデルさんみたいですね、と恥ずかしそうに佐山が言うと、今日はモデルさんですよぉ、と宮川が煽《あお》る。

話は決まったというように、立花が椅子の背にかけたジャケットに手を伸ばした。

その拍子に首にたくましい筋が浮き上がり、コットンセーターのゆるい衿元《えりもと》から太い鎖骨がのぞいた。

佐山が再びうつむく気配がした。見ると、何も塗っていないのに、耳のあたりまで薔薇《ばら》色に染まっている。

支度をしてくると言って、立花が立ち上がった。

「じゃあ、俺、外を片付けてくる。持っていくモンある？」

自分でやるからいいと立花が断った。

「いいのいいの、気にしないで。佐山さんには世話になってきたし。何か手伝わせてよ。だって俺、ハローワークに行く以外、やることないんだもん」

「ハローワークへ行ったらどうですか」

「行っても思うような仕事がない。四十代って、できる仕事も求人も限られてきて。年をとるってつらいな」

佐山が小さなため息をもらした。この人も何か仕事に関する悩みを抱えているのだろうか。

食事を終えて寛子は立ち上がる。二階に上がってメイクの仕上げをして、薄い水色のノーカラーのスーツに着替えた。

バッグと麻のショールを抱えて一階に降りると、化粧ポーチを手にした佐山と目が合った。どうやら洗面所に行くようだ。

佐山がこちらを見た。視線が唇に向けられているのを感じる。

あのう、とためらいがちな声がする。

「もしかして、メイク関係のお仕事をなさっているんですか」

曖昧《あいまい》に寛子はうなずく。佐山がポーチから小さなものを出した。

「これ、海外旅行のおみやげでこの間、もらったんですが、テラテラするからあまり使ってなかったんです。でも、これを塗ったら少しは明るく見えるでしょうか」

差し出されたものを寛子は手に取る。淡い色のグロスだった。

「塗らないよりはいいかもしれないですけど、つやは出てもそれほど色に影響は……」

見合いの写真なのだと、佐山が小声で言った。

「見合いっていうより婚活、って言うんでしょうか。結婚相談所みたいなところに提出する写真なんですけど……美容院には行ったんですが、メイクまでは考えてなくて」

「もしグロスをお使いになるなら、下唇のまんなかにぽってりと……」

途中まで言いかけて、無理だな、と寛子は佐山の顔を見る。化粧品は女の顔に魔法をかけるけれど、使い慣れていないものをいきなり使って最大の効果が出せるほど親切ではない。

階段に佐山を座らせ、寛子は軽くグロスを佐山の唇に置く。続いて自分のポーチから化粧品を出した。

練りチークのケースを開けて指に取り、佐山の頬に軽く触れる。それから指に残ったわずかなチークを髪の生え際や眉、あごにすべらせ、ほんのりと色を忍ばせた。

「普段、チークをお使いですか？」

「いいえ、まったく」

「口紅を変えるのもいいんですけど、チークのご使用もおすすめします。血色を少し添えるだけで、お顔色が映えますし。目だけ、こちらを見ていてください」

視線を誘導したあと、寛子は手早く佐山の睫毛にマスカラを塗る。

「マスカラもお使いになると、お目元がはっきりします。パンダ目にならないようにしますけど、一応、撮影の間はこまめに目の下をチェックしてくださいね」

使った化粧品をポーチにおさめ、寛子はバッグを肩にかけて玄関に向かった。

あの、と再び声をかけられて振り返ると、佐山が深々と頭を下げている。

「ありがとうございます」

軽く頭を下げて寛子は玄関を出る。駅へと歩いていきながら、何か言えばよかったと思った。

お綺麗ですよ。頑張ってください。

そんな一言をかけたら、あの人は気持ちよく撮影にのぞめただろう。あとから考えればこうして言葉は浮かぶのに、いつもとっさに出ない。化粧品の説明やメイクについてならいくらでも話はできるのに。

販売も接客もやはり、あまり向いていない。突き詰めると、自分は頭の回転が鈍くて、気がきかないのかもしれない。

もしそうだとしたら。

駅へと足を速めながら、寛子は考え続ける。

この先、どんなふうに、何の仕事をしていったらいいのだろう。

ブライダルメイクの事務所での面接はたいして質問もされず、すぐに終わってしまった。

新宿の事務所を出て、寛子は駅へと向かう。

先方が求めていたのは、和装、洋装の花嫁を一人で仕上げられる即戦力の人材だった。自分は洋装のメイクやヘアのセットはできるが、和装の着付けやセットの経験が少ない。

そうした人材の場合は見習いとして、まずアシスタントから仕事を始めるそうだ。その給与は希望額よりはるかに低い。なによりも三十歳を過ぎた今、専門学校を出たばかりの新卒にまじって見習いというポジションで働くのがつらい。

だけど腹をくくって、一から出直すべきなのだろうか。

足元をにらむようにして歩いていたら、家を出る前に聞いた『婚活』という言葉が心に浮かんできた。

最近、アラサー、アラフォーという言葉をよく聞く。三十二歳の今はアラウンド・サーティで『アラサー』だが、三十五になれば四捨五入して『アラフォー』だ。

『アラフォー』までわずか三年。勤め先を探すより、『アラサー』のうちに結婚相手を探すことに気合いを入れたほうがいいのだろうか。

もしくは、実家へ帰る?

ドラッグストアで美容関係の仕事をするならば、故郷にも働き口はある。十八で上京して以来、この街で十四年近く暮らしてきたけれど、そろそろ生き方を見直すときが来たのかもしれない。

婚活、帰郷、転職。

だけど……うまく言えないのだが、まだ東京にいたい。仕事もしていきたい。どうしてそう思うのかは、わからないけれど。

そう思ったとき、後ろから女の声がした。

すみません、と言っている。呼びかけられているようだ。

振り返ると、若い女が立っていた。

紺《こん》色のリネンのワンピースに、薔薇色のグラデーションが入った長いショール、手にはラフィアのカゴを持っている。

女が再び「すみません」と言い、ためらいがちに目を伏せた。伝えたいことがあるのだが、とっさに口に出てこないという様子だ。その気持ちが痛いほどわかり、寛子は黙って待つ。

「あのう……突然で……驚かれたと思うんですけど」

軽く寛子はうなずく。

意を決したように、女が顔を上げた。シミ一つない肌と、ほんのりと桃色に染まった頬が少女のような瑞々《みずみず》しさだ。

「あなたに近しい方……誰かはわからないのですが、その人があなたに伝えたがっていることがあるようなんです」

それで私、と女が目を伏せた。

「思わず、お声をかけてしまって」

「誰？」

「私ですか？　ハナと言います。お花の花です」

「えっと……あなたじゃなくて、誰が何を私に伝えたがっているの」

わかりません、と花が首を横に振った。

「でも感じるんです、猛烈に。あなたのことをとても大切に思っていた人です。もう少しお時間をいただけたら、きっといろいろわかると思うんですけど」

うんざりした気分で寛子は花を見る。

その昔、誰かに聞いたことがある。路上で声をかけてくる人々の大半は何かを売ろうとする人々だと。

急いでいるので、と言って歩き出すと背後から声がした。

「ごめんなさい」

何をあやまったのだろう。

寛子が振り返ると、花がうつむいている。

「うまく言えなくて……あなたのお力になれなくて」

その言葉に切実な響きを感じて、寛子は腕時計を見る。面接が早く終わったせいで、時間なら少しある。

この子が何を売ろうとしているのかはわからない。しかし花の潤いに満ちた肌とそれを活かしたメイクを見ていると、話だけは聞いてやってもよい気がした。


駅の近くの喫茶店に二人で入ると、花がまず生年月日をたずねた。正確を期すために、いろいろ調べていきたいのだという。聞かれたことに素直に答えると、カゴから小さな本を出して計算を始めた。

その手元をのぞいて、占いをしようとしていることに寛子は気付く。黙ってスマートフォンからデータを呼び出し、花が割り出そうとしている自分の星回りを指差す。

仕事を失った日から、あらゆる占いサイトで人生を鑑定してきた。どんな流派の星回りも姓名判断もすべて鑑定済みだ。

その話をしたら、「わかりました」とつぶやき、花がノートに何かを書きだした。今度は家族構成や故郷の話を聞いては、そこに書き付けている。

熱心にノートを取っている花を寛子は見つめる。

花が着ているリネンのワンピースは藍染《あいぞ》めのような紺色で、顔だけではなく手足も色白に見せている。頬にはショールと同系色のチークを丸く入れていて、それが肌に透明感を与えて初々しい。

唇はどうやって仕上げているのだろう。

花の唇を一心に寛子は見つめる。

シアーな口紅？　グロス？　リップペンシルも使ってる？

どちらにせよ、コーラルピンクの唇には触れてみたくなるようなつやがあり、とても丁寧《ていねい》で細《こま》やかに仕上げたメイクだ。

メイクから目を離し、寛子は花の隣に置かれた洒落《しゃれ》たカゴを見る。

この子は一体、何を売るつもりだろう。おそらく今、聞き取ったことから話を組み立てて、トークを始めるつもりだ。

どういうセールス・トークをするのだろう。こうした場合はたいてい相手の不安を大きくあおり、それを回避するための品物を売りつけると聞いている。

花がノートから顔を上げて微笑んだ。どうやらトークの方針が決まったらしい。

聞かせてもらおうか。

そう思って身構えたら、花が再び微笑んだ。

「美容関係のお仕事をしているってお話ですが、瀬戸さんは美容師さんですか」

違います、と答えたら、花が恥ずかしそうに言った。

「私、てっきりそうかと思っていました」

「資格は持ってるけど……どうしてそう思ったの？」

「東京の美容師さんは火曜日にお休みの人が多いから」

「その、何かを私に伝えたがっているって人？　あなたにしかわからない透明な人が教えてくれたわけじゃないんだ」

「私のこと、頭がお花畑って思ってますか？　ちっちゃな頃からよくそう言われてるんですけど」

答えずに寛子はコーヒーを飲む。

「なのに、こうしてお茶してくれて、ありがとうございます」

花が薔薇色のショールのふちに触れ、軽く目を閉じた。

「瀬戸さんに何かを伝えたがっている人がいる……それはわかるんですが、何でもすぐにわかるわけじゃないんです。だから占いはその手助けのひとつ」

花が紅茶を一口飲むと、資格を持っているのに美容師ではないのはなぜかと聞いた。

「昔、専門学校を出たあと、サロンワークをしてたんだけど」

「サロンワークってなんですか？」

「美容院で働くこと。だけどシャンプーやパーマの薬剤が体質に合わなくて。手荒れがひどくて」

花が考えこむような顔をした。

「パーマの薬剤って、化学薬品って感じがしますもんね」

「パーマもヘアカラーも、あれは全部、化学反応の結果だから」

「瀬戸さんは美容師さんになりたかったんですか？」

「美容師というより……メイクアップアーティスト」

花が胸元に軽く手を当てた。

「私、お声をかけたときから、ずっと素敵だなあって思ってたんです、瀬戸さんのお化粧。アーティストさんだったんですね」

そうでもない、と答えると、花が不思議そうな顔をした。

「……そうなる前にやめたから」

就職先の美容室はメイクアップアーティストが開いた店で、サロンで数年間働いて認められたら、撮影現場のヘアメイクのアシスタントに入るという道が開かれていた。あのとき店をやめず、もう少しだけ辛抱していたら。今頃は学生時代に夢見た仕事に就いていたかもしれない。

肌荒れってつらいですもんね、と花が自分の手を握りしめた。

「わかります。特に手は人から見られちゃうし」

「でも……だけど」

言葉に詰まって、寛子は黙る。

花がやさしい眼差しを向けてきた。その目を見ていたら、言葉が出ていた。

「今、思うと言い訳だったのかも。たしかに手は荒れたけど、それ以外にも……店で働き出してから、いろいろあって。人間関係とか」

こうして考えてみると、今に至る悩みは、あの当時から始まっていたのだ。

「だから、結局、いろいろなことに疲れてやめたというか……」

それでも、と花が言い、しばらく考えたのちに口を開いた。

「今でもずっと美容のお仕事をなさっているということは、そこのお店より適した場所が見つかったってことじゃないですか」

どうなんだろ、と寛子はつぶやく。

「美容師資格があるから、睫毛パーマとかエクステとか、そういう仕事もできたし、ネイルとかエステとか……メイクとか髪のセットとか化粧品販売とか、あらゆることをやってみたけど……。でも、どれもそれ一本では、やっていけないというか」

「オールマイティじゃないですか」

すごいです、と花が熱っぽく言う。

「すごい？　どこが？」

「だって瀬戸さんのところに行けば、頭の先から爪先まで、睫毛の先まで全部、きれいにしてもらえるってことじゃないですか」

花の勢いに押されて寛子は口ごもる。

「そ、そうかな……」

「そうですよ」

花が目を輝かせ、どうしてメイクアップアーティストになりたかったのかとたずねた。

話は苦手なはずなのに。すぐに言葉が出ないはずなのに。気が付くと思いがあふれてくる。

母の鏡台に並んでいた化粧品が好きだったこと。アイラインのほんのわずかな線、ベースメイクに少しだけ忍ばせる色。それだけで顔の雰囲気や、肌の輝きが違ってくるのに気付いて夢中になった学生時代の話。しかし自分は口下手で、思うような接客ができなくて悩んでいること。

花が熱心にうなずき、身を乗り出してきた。その勢いに呑まれそうになり、寛子は黙る。話しすぎた気がした。

花が軽く目を閉じ、薔薇色のショールのふちに触れた。

私……、と柔らかな声がする。

「美容の世界のこと、よくわからないんですけど」

ええ、と寛子は相づちを打つ。

「だけどお金があったら、瀬戸さんみたいな人にメイクやお顔のお手入れをしてもらいたいです」

「そうですか」

「お仕事のことは……よくわかりませんけど」

花がゆっくりと目を開けた。

「今のお気持ちで続けていったら、きっといい方向に進む。そんなふうに感じるんです」

「そう、ですか」

「あきらめないでください」

静かだが、力強い声がした。

「進み続けてください」

不意に涙が落ちそうになり、寛子はコーヒーに手を伸ばす。

この人は――。

本当に何かを伝えようとして、声をかけてくれたのかもしれない。

冷めた思いで対応したのが申し訳なく思えてくる。でもたぶん、態度には表してはいないはずだ。

もっとお役に立ちたい、と花がささやいた。

「もっと、あなたのために声を聞きたい。あなたを愛する人からのメッセージを。でも、ごめんなさい」

花が静かに目を閉じる。

「今の私にはこれぐらいしか、できません」

「ありがとうございます」

自分でも驚くほど、前のめりになって礼を言ってしまった。あわてて姿勢をたてなおして、寛子は声をひそめる。

「充分、うれしいです」

花が目を開けると、瞳が潤んでいた。

「でも、私の先生なら、もっとお役に立てたと思うんです。もっと具体的に、もっとはっきりと、今後のアドバイスや必要になるものを瀬戸さんにお伝えできたはず。たとえば……」

花がカゴから薄い冊子を出した。差し出されたその冊子を受け取り、寛子は無言でめくる。あまり興味が持てない健康グッズと開運に関する商品が載っていた。

花が冊子を広げて説明を始めた。今なら特別に二割引きにするうえ、買い上げの金額に応じてプレゼントがあるのだという。

やっぱり、こう来たか……。

黙ったまま、その説明を寛子は聞く。スマートフォンを出した花が「すごい！」と目を輝かせた。

「瀬戸さんにはもう運がめぐり始めてる。今、ちょうど事務所に先生が来ています」

一緒に行きませんか、と花が誘う。その先生ならこれから必要になる品を確実に選んでくれるのだという。

「絶対、絶対、瀬戸さんのお役に立ちます」

時間がないから行けないと断り、寛子は立ち上がる。

「お品物は買えないけど、ここのコーヒー代はごちそうします」

いいんですか？　と花が聞く。寛子が伝票を手にすると、寂しげな顔で花が名刺を差し出した。

「私、また瀬戸さんにお目にかかりたい。またメイクのお話をしてほしいです」

受け取った名刺をポケットに突っ込み、寛子は店を出る。しばらく歩いてから、花の名刺をあらためて眺めた。

最初から、わかっていたはずなのに。

どうしてこんなに悲しいのだろう。


夕方からのドラッグストアのアルバイトを終えてナカメシェアハウスの自室に帰ると九時を過ぎていた。仕事の量はいつもと変わらないのに疲れきり、ビールを飲もうと寛子は階下へ取りにいく。すると珍しく立花が宮川とともにダイニングキッチンにいた。

立花はテーブルの端に座ってノートパソコンを操作しており、宮川はその後ろに立って、画面を眺めている。

冷蔵庫の扉に手をかけると、立花の声がした。

「瀬戸さん、手前にあるビールのパック、ささやかだけどお礼です。よかったら名前を書いておいてください」

「名前書かなくても間違えないけどね。俺は発泡酒だし、コウキさんはめったに飲まないし」

冷蔵庫の中段には自分が普段飲んでいるビールの六缶パックが置かれていた。

お礼とは何かと聞くと、メイクのことだと穏やかな声がした。

「佐山さんにお化粧をしてくれたんですね。ありがとうございます」

「化粧ってほどでは」

「佐山さんも喜んでいたし、僕も……」

「ちょっとちょっと、コウキさん、そんなこと言ってないで、見せてやんなよ。瀬戸っちもこっちおいでよ」

瀬戸っち？

黙って宮川に視線を向けると、「ゴメンゴ、メンゴ」と言われて、寛子は軽く苛立《いらだ》つ。

この人の謝罪にはいくつのバリエーションがあるのだろう。

宮川と並んで立花の背後に立つと、何枚かの写真がパソコンの画面に現れた。そのなかの一枚を立花が拡大する。

大きく広がった画像に寛子は目を見張る。

新緑のなかで軽く頰を上気させ、佐山が微笑んでいた。昼前に見たのとはまるで違う、快活な表情だ。佐山はこの写真が気に入ったらしい。

「僕はこっちもお薦めだと言ったんだけど」

立花がもう一枚の写真を拡大する。

「少女漫画みたいだって、佐山さんが照れてしまって」

早咲きの薔薇に囲まれ、佐山が微笑んでいた。淡いピンクの薔薇と頰にのせた色が響き合い、とても柔らかな雰囲気の一枚だ。

いい笑顔だねえ、と宮川が感心している。

「薔薇色の笑顔って感じ。佐山さん、散歩しながら撮り始めたら、ふわーっとホッペがピンク色になってってさ。俺、てっきりコウキさんに惚《ほ》れたのねと思ったら、瀬戸ちゃんが頰紅塗ってくれたのね」

たしかに、と立花がうなずく。

「塗っているように見えなかった、あまりに自然で。それからマスカラ、ですか。あれも自然だったけど、目の表情がしっかりついて」

つまり、ここが良いってことだね、と宮川が自分の腕を叩いてみせた。

「瀬戸ちゃん、何者だ？」

宮川の言葉を受け流し、寛子は公園で撮影された佐山の写真を見る。

この立花という男こそ何者だろう。

画面に次々と現れる姿はまるでカメラを意識していないかのような自然さで、何気ない表情や仕草から佐山という女のやさしさが伝わってくる。

この人の婚活、うまくいくかもしれない。

押し黙っていたことに気付いて、寛子はあわてる。何か感想を言おうとしたら、立花が時計を見て、写真のデータを次々と閉じ始めた。そろそろ宅配便の荷物の仕分けに行く時刻だという。

パソコンを抱えて立ち上がった立花に、宮川が声をかけた。

「コウキさん、夜食は？　パン何枚？」

一瞬何かを言いかけたが、観念したように「一枚」と答え、立花がキッチンを出ていった。

一枚で足りるのかな、と言いながら、宮川がトースターに食パンを入れている。

「仲がいいんですね」

押しの強さに精一杯の皮肉を言ってみた。軽く返されるかと思ったら、「そういうわけじやないよ」としんみりした声が戻ってきた。

宮川が冷蔵庫から発泡酒を出している。

「ただ, 自分が若い頃に活躍してた人がくすぶってるのって、無性《むしょう》に寂しいんだよね。その人がもう一回、敗者復活戦みたいなのをやるっていうなら、悲しいことに俺、今フリーだし、ちょっと近くで見てみたいじゃん。あの人、うちの田舎から出た唯一のスターだったから」

「スター？　立花さんってやっぱりモデルとか俳優だったんですか？」

「違う、違う」

「もしかしてミュージシャン？」

「瀬戸ちゃんっていくつ？　アラサー？　だったら覚えてないかもしれないけど。昔、ネイチャリング・シリーズってテレビ番組があってさ」

知ってます、と言ったら、宮川が感心したような顔をした。

「私、兄と再放送を見てました。秘境に行く番組ですよね。たき火でベーコンエッグを焼いたり、コーヒーを沸《わ》かしたりする」

それそれ、と宮川が発泡酒の缶を開ける。

「あのネイチャリング・シリーズに出てた人だよ」

「あれに出てたのって、たしかナントカ・コウキ……」

立花の浩樹という名前を思い出し、寛子は口元に手を当てる。

「あっ、コウキだ……タチバナ・コウキ。知ってる、見てました。何かなつかしい雰囲気がする人だと思ったら」

「本当は『ひろき』って読むらしいけど、仕事するときはカタカナのコウキのままでいいのにね。別に悪いことしたわけじゃない。昔の自分を全部否定しなくたってさ」

こういうの、深入りって言うのかな、と宮川がぽつりと言った。

冷蔵庫からビールを出し、寛子は宮川の隣に座る。宮川が、一口サラミの袋の封を開け、テーブルの上に広げた。

食べて、と勧められ、寛子は袋に手を伸ばす。

トーストが焼ける香ばしい匂いにサラミの香辛料がまじり、くつろいだ気分になってきた。

サラミをかじりながら、「面白いね」と宮川が笑った。

「瀬戸っちが思い出したのが秘境じゃなくて、メシってところが。たしかにあの番組、毎回、うまそうなメシが出てきたよなあ」

「たき火で……」

そうそう、と宮川がうなずいた。

「たき火でね。特に朝メシがさ……厚切りハムと豆のスープ、食後に舌を焼くほど熱いコーヒー」

「コーヒーのシーン、大好きでした。あと、豆のスープも……」

缶詰めのトマトと豆、ベーコンで作るそのスープは、兄のお気に入りのおかずとなり、大人になっても自分でよく作っていた。

キッチンに立花が戻ってきた。食後すぐに出かけるつもりか、上着とバッグを持っている。

コウキさん、と宮川がほがらかに呼びかけた。

「瀬戸っちが小さい頃、あの番組、見てたんだって」

「そうですか」

そのあと何も言わずに立花がフライパンを火に掛ける。コンロの前に立つ、広い背中を寛子は見つめる。

あの番組の内容は忘れてしまったけれど、青年が川原で流木を集めて火をおこし、そのたき火で一人、料理をしていた背中を覚えている。兄が憧れ、子ども心に自分もほんのり、無口なあのお兄さんに憧れていたことも――。

酔いがまわったのか、口が軽くなってきた。大きな背中に寛子はそっと声をかけてみる。

「豆のスープ、大好きでした」

宮川が隣で何度も深くうなずいた。

「俺もあれ好き。毎回、ここぞってときに作る朝メシなんだよね。『厚切りハムと豆のスープ、食後に舌を焼くほど熱いコーヒー』」

「食品会社がスポンサーでしたから」

えっ？　と宮川が聞き返した。

「好物じゃないの？　気合いが入るって、あんなに毎回うまそうに食ってたのに？」

コーヒーは？　と寛子も思わず聞く。「そうだよ」と宮川が続いた。

「じゃあ『舌を焼くほど熱いコーヒー』は？　あれもタイアップ？」

「あれは本当に好きでした」

コーヒーの缶に手を伸ばし、立花がパーコレーターに粉を入れている。その手が止まり、背中越しに声がした。

「飲んでみますか？」

「えっ、マジで？　なんか嬉しいな」

「私もいいですか、ぜひ」

ドリップ式の味とはまったく別物だと言って、立花がパーコレーターを火にかけた。それから目玉焼きを作ると、焼き上がったトーストに載せた。

子どもの頃に見たのと同じ、鮮やかな手つきだ。

トーストの皿をテーブルに置きながら、佐山からメールが来たと立花が言った。

「瀬戸さんにお礼を言いたいのと、相談にのってもらって、化粧品を買いたいそうです。瀬戸さんがお店にいる日を教えてあげてもいいですか」

もちろん、とうなずくと、立花の目がやさしくゆるんだ。

コーヒーができあがり、立花が三つのカップに注いだ。ふくよかな香りをかぎながら、寛子は佐山の写真を思い出す。

あの薔薇色の笑顔にほんの少し、自分も貢献している。

どう働けばいいのかまだ思いつかない。だけどもう少しこの街で頑張ってみようか。

あきらめるな、と花は言っていた。

進み続けてください、と。

あなたに近しい誰かが何かを伝えたがっている。そう呼びかけて、足を止めさせる。そこから続く会話はたぶん、すべてが練り上げられたセールス・トーク。

わかっているけれど……。

舌を焼くほど熱いコーヒーを手にして、寛子は目を閉じる。

ひょっとしたらあのトークのなかには、少しだけ真実もまじっていたかもしれない。

# 甘い果実

「素敵ですね。おめでとうございます、佐山《さやま》さん」

「おめでとうは……まだ早いかも」

梅雨明け宣言が出た七月の下旬。渋谷にあるドラッグストアの一角で、新作のファンデーションを顔に塗ってもらいながら、佐山智美《ともみ》は口ごもる。

そんなことないですよ、と瀬戸寛子《せとひろこ》がスポンジにファンデーションを取り、軽く智美の頬にすべらせた。

「私、立花《たちばな》さんが撮った写真を見たとき、佐山さんの婚活はうまくいくような予感がしました」

「あの写真は瀬戸さんのおかげも大きいです。あんなに雰囲気が変わるなんて」

「それは私というより、コスメの力ですよ」

照れくさそうに瀬戸が言い、小鼻のつけねにスポンジを添わせた。

「佐山さんの持ち味をコスメが引きだしただけ。これから彼とお会いになるなら、うんときれいに仕上げますね」

礼を言いながら、智美は思う。

コスメの力と言うけれど、あれはやはり瀬戸自身の力だ。今、この瞬間も、ファンデーションを塗ってくれるスポンジの感触が繊細で心地良い。

瀬戸と出会ったのは二ヶ月前、婚活サイトに提出する写真を撮影していたときのことだ。自分でしたメイクが野暮ったくて困っていたとき、たまたま居合わせた彼女が軽く頬紅をさしてくれた。たった数秒のことだったのに、そのあと撮った写真の表情は若々しく、明るく見えたのに驚いた。それ以来、彼女がアルバイトをしている店で化粧品を買うことにしている。そのたびに瀬戸は真剣に色や質感を吟味して、似合う品をすすめてくれる。

自分をきれいに見せてくれる化粧品があると、こんなに毎日が楽しくなるとは思わなかった。朝の支度、仕事の合間、そして退社のとき。鏡の前で口紅を引くと、顔の雰囲気が一気に華やぎ、その効果に深く満足している自分を感じる。

思えばあの写真をきっかけに、日々の暮らしがずいぶん彩り豊かになってきた。

佐山さん、と瀬戸の声がした。

「お目元、まぶたをすこーし閉じてもらえます？」

「まぶたにもファンデを塗るんですか？」

ほんの少し、と瀬戸が「少し」を強調した。

「そうしますと、こちらのアイカラーの発色がよくなります。お時間があるなら、眉毛も整えておきましょうか」

「ありがとう。お願いします」

そっとまぶたを閉じると、やさしく瀬戸の指が触れた。そのとたん、「おめでとうございます」と言われたことに心が浮き立ってきた。

何もかも、あの撮影のおかげだ。

婚活サイトに送ったプロフィール写真は、以前、同じ職場にいた宮川良和《みやがわよしかず》に紹介してもらい、プロのカメラマンに撮影を依頼した。撮影者の立花浩樹《ひろき》は二十年ほど前、タチバナ・コウキという名前で、世界のあちこちに写真家が旅をするというテレビ番組に出ていた人物だ。顔立ちは知的なのに、長身の身体には野性味があり、当時はモデルか俳優がカメラを持って演技をしているのだと思っていた。しかし本当に写真家だったらしい。それもかなり上手な人のようだ。

その立花が撮った写真を婚活サイトに送ったところ、ウェブにプロフィールが登場するなり、交際希望の男性が四人も現れた。彼らからのメールを見ていると、皆が一様に写真の笑顔に心惹かれたと書いている。とてもやさしく温かく、家庭を大事にしてくれそうに見えたそうだ。

そのなかの一人、三歳年上の鈴木《すずき》隆史《たかふみ》と交際がすぐに始まり、八月の夏の休暇には二人で東南アジアのリゾートに旅行へ行く計画が進んでいる。鈴木はこの旅行を婚約の記念にしたいと言っており、これまでの人生のなかで、一番素敵なホテルを予約してくれたそうだ。

インターネットでそのホテルを見ると、各部屋はヴィラと呼ばれる一軒家のつくりで、異国の姫君が休むような天蓋《てんがい》付きベッドに猫足付きのバスタブが設置されていた。鈴木が予約した部屋はそのなかでももっとも豪華なスイートルームで、プライベートプールのわきには昼寝用の小さな東屋《あずまや》まで建っている。

彼に出会うまでは、アパートと職場を往復する毎日で、海外旅行、それもリゾートホテルに滞在するなんて、想像したこともなかった。そのほかにも鈴木は智美のためにいくつか『サプライズ』を用意してくれているらしい。

幸せすぎて泣きたくなる。

女に生まれて四十年になるが、自分のために男がまめまめしく『サプライズ』なるものを準備してくれるなんて。夢見たことはあっても、現実にあるとは思えなかった。

仕事や通勤の合間、スマホで南の島のホテルの画像を見るたび、智美は思う。

よかった。勇気を出して、婚活サイトを利用してよかった。

結婚が決まったら、またあの人に写真を撮ってもらいたい。

いつか家族が増えたら、そのときも。きれいに撮ってもらえた写真は、自信と勇気をくれる。

カメラを構えた立花の姿を思い出すと、レフ板を抱えていた宮川の姿も浮かび、智美はなごやかな気持ちになる。

最近、いつも思う。あの撮影以来、本当に毎日がカラフルだ――。

「佐山さん、目を開けてください」

目を開けると、鏡が目の前に置かれていた。瀬戸が選んだファンデーションは肌につやが出て、初々《ういうい》しく見える。

「いいですね。これ、いただきます」

「せっかくですから、お目元や唇も夏モードで仕上げていきましょう。実は私、今日は佐山さんにお礼を申し上げたくて」

「私にお礼？」

あたりを見回してから、そっと瀬戸が名刺を出した。

「実は佐山さんの撮影のあと、立花さんや宮川さんから何度かご依頼をいただいて、お客様にヘアメイクをしたんです」

どの撮影も手応《てごた》えがあったのだろう。瀬戸がうれしそうに微笑《ほほえ》んでいる。

「そのときメイク前に美顔のエステをしたり、眉毛を整えたり、ネイルをしたりというお世話をさせていただいたら、これからも続けてお願いしたいというお話がお客様からも出て……それで……」

名刺を見ると「ナカメシェアハウス」という美容サロンの名前があった。瀬戸が住むシェアハウスの二階の一室で、開業するようだ。

「美容サロンを開業するんですね」

「サロンってほどでは、まだないですけど……」

ドラッグストアのアルバイトが入っていない時間に、ネイルやエステ、ヘアメイクなどの施術をすると瀬戸が説明している。実は美容師、理容師の資格も持っているそうだ。

「こうした働き方って、佐山さんの撮影のおかげなんです。だから、よかったら、ぜひいらしてください。ブライダルエステなどもお考えだったら、お式の直前までしっかりとお手伝いします」

この人がしっかりと磨いてくれたら、地味な自分もキラキラした花嫁になれそうだ。陶器のようにつるんとした瀬戸の肌を見ながら、智美の心はさらに浮き立つ。

本当によかった。一歩、踏み出してみて。

瀬戸が夏の新色のアイシャドウや口紅をつけてくれ、メイクも気持ちも晴れやかになってきた。身体の隅々にまで幸せな心地をめぐらせ、智美は鈴木との待ち合わせの喫茶店に向かう。

梅雨が終わり、まばゆい季節が始まる。

今年の夏は人生でもっとも熱く、華やかな夏になるかもしれない。

「智美さん……何か言ってくださいよ」

向かいに座った鈴木隆史が言う。

ハイビスカス・ティーを前にして、智美は黙る。

鈴木がコーヒーを飲み、ため息をついた。コーヒーの匂いがまじった口臭が鼻に届いて、智美は軽くハンカチを顔に当てる。

現在、交際中の鈴木は四十三歳、大手商社の関連会社に勤めており、海外赴任を繰り返しているうちに婚期を逃したのだという。今は商社員時代の経験を活かして、ＩＴ関連の会社でライフアドバイザー的なデジタル・コンテンツを作っているそうだ。それは何なのか、何度聞いても、カタカナまじりの言葉が多くてよくわからない。素直にそう言うと「可愛いね」と鈴木は笑っていた。

可愛いと言われたら嬉しいはずなのに、馬鹿にされた気がした。こういうところが、これまで男性との縁が薄かった理由なのだろうか。

智美さん、と鈴木がじれたように言って、パンツのポケットからハンカチを出した。

「何か言ってくださいよ」

「何を言えばいいんでしょう」

だから、と鈴木がハンカチで額《ひたい》をぬぐった。

「ひどいことを言ってるって、わかってるんですよ、僕も。それをずっと黙っていられては、針のむしろですよ」

いや、わかってるんです、と鈴木が言葉を重ねた。

「わかってますって、針のむしろに座ってるべきですよ。それでも何か一言ぐらい言ってくれてもいいでしょう」

鈴木に返す言葉を探して、智美はテーブルの上に置いた手を見る。

数分前、鈴木が言った。来月の旅行を中止したいと。

旅行以前に、結婚そのものも考え直してほしいという。

どういう意味かとたずねたら、実は別の婚活サイトで出会った二十代後半の女と意気投合したそうだ。その女としばらく『ダブル』で交際をすることも考えたが、それでは二人の女性に『不誠実』だと思い、智美に打ち明けることを決心したらしい。つまり、若い女と交際できそうなので、同世代の女は切るということだ。

鈴木が落ち着かなそうに、身体を動かしている。仕方なく、智美は口を開く。

「その、もう一つのサイトで出会った二十代後半……三十前の人って、どんな人ですか？」

「正直言って、そんなに、なんていうのかな、智美さんみたく上品ではない？　まあ、磨けば光る原石って感じ？　だけど……」

「だけど、なんですか？」

だから、と鈴木がハンカチで汗を拭いた。

「鈴木さん、あの、私にいたらないところがあるなら、できるかぎり努力しますけど」

「そういう固いところが実は僕にはちょっと負担で。なんて言うか、家庭を築くのって、結局互いのフィーリングじゃないですか。笑顔あふれる楽しい家庭？　そういう感じ、智美さんとだと正直、ヴィジョンが見えてこないというか」

「この前は落ち着いた家庭で安らぎたいって言ってたじゃないですか」

自分が稼ぐから、妻には家庭を守ってほしい。共働きを望む男性たちが多いなか、鈴木のその言葉はとても頼もしく感じられた。さらには家に帰ったら、妻には「おかえり」と言って迎えてほしい。そう言われたから、実は上司にも年内に辞めるかもしれないとすでに伝えてある。

今さら退職を撤回するだなんて。しかもその理由が婚活の失敗だとは……。

すみません、と鈴木が頭を下げた。

「智美さんが悪いとか、努力でどうなるってことじゃないんです。なんというか……まだ人生、あきらめたくないっていうか」

「あきらめるって？」

鈴木が頭を上げた。

「だから、ぶっちゃけ言うと、僕、父親になりたいんですよ。少しでも早く子どもが欲しい」


「私もまだ、産めなくはないんですけど」

遠回りしたくない、と鈴木が声をひそめる。

「卵が若けりゃ若いほどできやすいって。友達の……その方面に明るい奴が。畑が若けりゃ、タネが年を取ってても、なんとかなるっていうか」

タネという言葉を早口で言って、鈴木がうつむいた。

「こんなこと言うの、僕もつらいんですけど。智美さんとは、そういうスキンシップ的なフィーリング？　合わないみたいだし」

テーブルの上に置いた自分の手を智美は見つめる。

鈴木と交際を始めてから、会うときはいつも新しめの下着を身につけ、それなりに身体の手入れもしてきた。それなのに鈴木が求めてきたことはあまりない。

スキンシップ的なフィーリングが合わない。それはすなわち性的な魅力がないということか。

お詫《わ》びだと言って鈴木がセカンドバッグから封筒を出した。

「これ、僕の気持ち」

本当に、これで終わってしまうのだろうか。智美は封筒を見る。

開けてくださいと促され、なかを見ると、一万円札が十枚入っていた。

慰謝料だと鈴木が言っている。

「鈴木さん、私……会社に、年内に仕事を辞めるって、もう伝えてあるんですけど」

えっ？　と鈴木が戸惑ったような声を上げた。

「誠意が足りないって意味？　でもまだ会社を辞めたわけじゃないでしょう？」

「辞めてはいないですけど」

「僕ら、お互いの家族にもまだ紹介していないし……といっても、智美さんのご両親はもう亡くなってるわけだけど」

「兄がいます、四つ年上の。何度も言ったじゃないですか、兄に紹介したいって」

「うん……でも、まだ紹介してもらってないわけだし」

それにね、と鈴木が再び声をひそめた。

「僕はあなたにそれほど何もやってない。佐山さんには最後までしていない。身体、綺麗なままでしょ。何もしてないのに、こうして慰謝料払うだけでも」

ありがたいと思えと言うのだろうか。智美から佐山と呼び方も変わり、急速に今、この人は距離を置こうとしている。

それだけじゃない、と鈴木が畳みかけた。

「旅行の件、エアーもホテルも僕がちゃんとしておくから。全部、友だちの代理店を通してるんで、佐山さんは何も気にしなくていいですよ」

「ちゃんとするってどういう意味でしょう」

「だから、佐山さんは行かないでしょ」

「鈴木さんは？」

「え、僕？　僕は」

この男はその二十代の女と一緒に行く気なのだ。そしてあの天蓋付きベッドで仲睦《むつ》まじく子作りに励むつもりだ。

「私、行きます」

思ってもいない言葉が口をついて出た。

鈴木が露骨に顔をしかめた。その顔を見ながらゆっくりと告げる。

「私は、行きます。旅行はキャンセルしません」

あ、そう、と鈴木が鼻白《はなじろ》んだ。

「僕は行きませんよ」

「ええ」

「一人で行ってもつまらないですよ」

いや、そうでもないかな、と鈴木が小さく笑った。

「ローカルの男が、寂しい女性を慰めてくれるかな」

「ローカルノオトコ？」

「つまり、もてない日本人の女が現地の男を買うってやつですよ。『リゾラバ』って歌、昔あったでしょう、あれ。リゾートってのはカップルで行くところですよ。一人で行ったら間違いなく男漁《あさ》りに来たと思われる」

「べつに漁りにいくわけではないですから。ガイドブックを見たら、更紗《さらさ》とか陶器とか……面白いものがいっぱいあるみたいだし。とにかく、私は行ってみます」

そうですか、と鈴木が投げやりに言った。

「更紗に陶器。そういうところ？　正直言うと僕は苦手でした。注意した方がいいですよ、佐山さん。男はね、賢い女はダメなんです。女はお馬鹿で無邪気なのが一番可愛い。それで胸が大きければ最高。佐山さんはね、ちょっと痩せすぎ」

「すみません」

叱責されているような口調に思わずあやまり、軽く智美はこぶしを握る。

何様のつもりだろう。女を値踏みするほど、お前は偉いのか。

いや、偉いのかもしれない。

テーブルに置かれた白い封筒を智美は見つめる。妻を専業主婦にできる経済力を持つ男とは、やっぱり偉いのかもしれない。

「まあ、これは、ちょっとした僕からのアドバイス」

鈴木が伝票を手にして立ち上がった。

「お互い、幸せになりたいですね。どうぞ、佐山さんはゆっくり飲んでいってください」

飲み物などいらない。慰謝料など突き返したい。

それなのに何も言い返せず、金が入った封筒を見つめた。

一時間ほど前の幸せな心地が嘘のようだ。

美容を考えて、ハイビスカス・ティーにした自分の浮かれぶりがひどくみじめに思えた。


八月の日差しは日本も強いが、赤道直下の島では強いのを通り越して痛い。その日差しが大気と地面を熱するせいか、夜になっても暑さがやわらぐことはない。しかしヴィラのなかはエアコンの効きが強くて、寒いぐらいだ。

夏の休暇の初日、真っ赤な薔薇《ばら》の花びらで埋め尽くされたバスタブに、智美は身を沈める。恋人がいたら、驚きと喜びと感謝で、気持ちが盛り上がるサプライズな風呂に違いない。

バスタブのかたわらに置いた、ファスナー付きのビニール袋に入れたｉＰａｄに手を伸ばす。画面にタッチして見入ってしまうのは、立花が撮った写真だ。

このヴィラには鏡がたくさんあり、見る気はなくとも、自分の顔が目に入ってくる。表情の暗さにも滅入るが、いろいろな角度から見ることで、自分の首や顔がたるみ始めたことに気が付いた。

しかしｉＰａｄのなかで微笑む自分の表情は、たるみは感じさせず、明るくてやさしい。

バスタブの脇にある電話が鳴った。電話を取ると、穏やかな男の声がする。このホテルのヴィラの専属バトラーの青年の声だ。

バトラーとは執事という意味だ。このリゾートホテルに滞在中、車の手配からレストランの予約、航空券の予約変更まで、この青年に頼めばすべての手配をしてくれるという。ところが彼は日本語を話せない。地元のこの島の言葉の他に英語とフランス語、少しのドイツ語、イタリア語なら話せるそうだが、日本語はまったく必要なかったので学ばなかった

──わずかに聞き取れた英単語をつなぎあわせると、そう言っていたようだ。

それは言外に、ここは欧米人御用達の隠れ家リゾートで、そんなところに、なぜ東洋人のお前が一人で来たとなじっているようにも思えた。

電話の向こうでバトラーの青年が英語で話している。おそらくなまりのない英語なのだろう。聞き取りやすいが、早口だ。こちらは英語があまり話せないのを知っていながら、手加減なく話すのは、やはり馬鹿にしているのだろうか。それとも意地が悪いのだろうか。そんなふうに思う自分は今、おかしいのだろうか。自分に余裕があれば、そんなふうには……。

ああ、もう、どうでもいい。

なげやりな思いで、智美はバトラーの英語を聞く。「ピッツァ」と「キッチンが忙しい」という言葉が聞き取れたから、たぶん夕食に頼んだピザが来ないか、遅くなるかのどちらか

だ。

面倒になり、「イエス」と「OK」を繰り返して智美は電話を切る。

どうでもいい。ピザなんて。

バスタブのふちにもたれ、智美は薔薇の花びらをつまむ。

一ヶ月前、鈴木の友人が勤めている旅行代理店に電話をすると、一人で行くのなら部屋代は一人料金が加算されると言われた。それは思ったより高額だったが、四十女の意地をこめて、一括払いで支払った。

それで今、たった一人、南の島のバスタブに沈んでいる。

湯から身を起こすと、鏡に自分の裸が映っていた。たしかに痩せて、身体の凹凸に乏しい。しかし肌の白さと滑らかさは昔とそれほど変わっていないように思う。

そっと身を抱き、智美はうつむく。

人生をあきらめたくない。

あの日、鈴木はそう言っていた。自分と結婚することは、男にとって人生をあきらめることなのか――。

ヴィラのベルが鳴った。誰かが来たようだ。

あわてて立ち上がり、バスタオルを取って、湯の外に出る。頭にタオルを巻いて、バスローブを羽織ったとき、大理石の床で足がすべって膝《ひざ》を打った。

あまりの痛さにうずくまっていると、目の前に何かが落ちてきた。

鳩のフンのようだ。天井を見上げて、智美は悲鳴を上げる。

大きなトカゲが五匹、ヴィラの高い天井に貼りついている。フンはそこから落ちていた。

頭に巻いたタオルを肩まで引きのばして、智美は床にうずくまる。

もう、いやだ。

何かあったのか、という意味合いの声がした。

顔を上げると、ヴィラの戸口にカゴを持った男たちが立っていた。その背後には純白の制服を着た褐色の肌の青年がいる。スタンドカラーの上着が清々《すがすが》しい。このヴィラ付きのバトラーだ。

男たちが心配そうな目を向けるなか、青年が近寄ってきた。手足が長く、優雅な歩き方をする男だ。

足音もなく近寄ってくる青年の静けさに呑まれて、うずくまったまま智美は見上げる。

片膝をつくと、青年が英語でゆっくりと何かを言った。制服から、かすかに花のような香りが漂ってくる。

放った言葉がまったく伝わっていないことがわかったのか、青年が「ＯＫ？」と短く聞いた。

ＯＫとつぶやくと、手を差し出された。その手を取って立ち上がると、丁寧《ていねい》な待遇を受けている気がした。

あたりを見回し、青年が外を指差している。食事を持ってきたが、屋外のリビングルームで食べるかと聞いているようだ。

「OK、OK。どうでもいいです、適当に置いていってください」

テキトウ、と青年がつぶやくと、男たちに指示をして、部屋から出ていった。それを見て、智美はベッドに寝転がる。

みんなが出ていったら、適当に食べよう。ピザを鷲掴《わしづか》み、ビールをあおって寝よう。

しばらくすると、バトラーの青年の声がした。外に来るように言っている。着替えようとしたが面倒になってきてバスローブのまま、智美は部屋を出た。

ヴィラの扉を開けるなり驚いた。

青いプライベートプールの底にライトがともり、水のゆらめきにつれ、光がさまざまな模様を織りなしている。ヴィラの扉から半屋外のリビングまでは、香りのよいキャンドルが等間隔でともされ、滑走路の誘導灯のようだ。

キャンドルが導く先には、闇のなかにぽっかりと明るい空間が浮かびあがっていた。その中央にダイニングテーブルがある。たくさんの蘭《らん》とキャンドルで飾られたテーブルに、一人分の皿とカトラリーがセッティングされていた。

その脇に純白の制服を着たバトラーの青年が立っている。

キャンドルの淡い光が褐色の肌をやさしく照らして、まるで映画の一シーンを見ているようだ。

優雅な物腰で青年が椅子を指し示した。

ここに座れと言われていることに気付き、バスローブの前をかき合わせ、おそるおそる智美はその席に向かう。

椅子を引いて座らせてくれると、青年がグラスに水を注いだ。ピザを鷲掴むつもりが、隣で給仕をされると調子が狂う。

あのう、と見上げると、切れ長の目が見つめ返してきた。

「いいんです、適当にしますから、もう帰ってもらって」

軽く首をかしげると、青年がピザを取り分け、目の前に置いてくれた。

「そうじゃなくて。取り分けてと言ったんじゃなくて」

青年が再び優雅に首を傾け、タバスコをそっと差し出した。タバスコがほしいと言ったわけではないが、やさしくされたら、涙がこぼれてきた。

どうして泣いているのかと、青年が英語でゆっくりと言う。

わからないと日本語でつぶやき、智美は顔を伏せる。

「わからない。ただ、たぶん、さみしい」

サミシイ、と青年がつぶやいた。

異国の人の声で聞くと、寂しさはますます深く心に広がっていった。

このヴィラ付きの執事、バトラーの青年はニョマンという名前らしい。昨夜の帰り際、そのニョマンが電話機のスイッチを指差して、これを押せば自分は来ると、簡単な英語と身振りで伝えた。だけど、頼むことなど何もない。

朝食を取りにレストランに行くと、どのテーブルも西洋人の二人連ればかりだった。外出するにもここは山のなかで、町に行くにはホテルの車かタクシーを頼まなければいけない。動くのが面倒になり、昼食にはルームサービスでピザを頼み、ヴィラにとじこもっているうちに夜になった。

天蓋付きベッドに寝転がり、昼間の残りのピザを食べながら、智美はｉＰａｄに触れる。昨日の夜からずっと、どこからか川の音が聞こえていた。時折、人々の声や水を使う音も響いてくる。

インターネットでここに宿泊した人の感想を検索すると、日本人の旅行記が出てきた。それによると、このヴィラは川沿いの断崖に建っており、その川は聖なる流れだそうだ。写真を見ると、崖下に沐浴場《もくよくじょう》があり、裸の子どもたちが水を浴びていた。彼らはここで身を清めたのち、近くにある寺院に参拝するらしい。

ベッドから出て、テラスの下をのぞいてみる。建物はたしかに高いところにあり、崖下にはライトに照らされた沐浴場が見えた。人はいないが、手にしたｉＰａｄの写真と同じ光景が広がっている。

それを見ていたら、苦い笑いがこみあげた。

日本を遠く離れてここまで来たのに、ヴィラにこもってｉＰａｄばかりいじっている。これではインターネットで見たホテルの情報を確認しに来ているようだ。

冷えたピザを食べ終えて水を飲み、智美は再び天蓋付きベッドにもぐりこむ。到着して二日目なのに、もう飽きた。それがこの先、六日も続くのか。高額な旅費を払ったというのに。情けなさと失望で、ため息も出ない。再び自分の写真のデータを呼び出す。

婚活サイトに送った写真も気に入っていたが、何度も繰り返して見てしまうのは、薔薇の植栽の前で撮った写真だ。

立花が薦めてくれたのは笑顔の写真で、立花の自称アシスタントの宮川良和が薦めたのは、伏し目がちに笑っている一枚だ。宮川に言わせれば、色っぽい写真だという。

宮川は勤め先の映像制作会社にいた人物だが、制作部門にいたので、総務部の智美とはそれほど接点はない。ただ実績をあげていたプロデューサーの一人だったので、名前はよく知っていた。

その彼が今年の二月の人事異動で、郵便物を各部署に届けることが主な業務という課に配属された。それは退職の勧告に等しく、配属された人々は次々と会社に出てこなくなった。宮川は最後まで残り、軽口を叩きながら飄々《ひょうひょう》と社内で郵便物を配っていた。それでもやはり耐えがたかったのか、健康上の理由で退職していった。

それからしばらくして、宮川の私物が更衣室の隅で見つかり、宅配便で送るか処分をするかを聞くために智美が連絡した。

その折に現在のことを聞いたら、一時、体調を崩したが、今は元気にカメラマンのアシスタントの真似事をしていると言い、パスポートやブログのプロフィールの写真、スチール撮影、各種記念撮影、なんでもOKと、明るい口調で営業をされた。機会があったら制作部門にもそれとなくプッシュしてくれと言われ、誰のアシスタントなのかと聞いたら、タチバナ・コウキだという。

それを聞いたら、婚活の写真を頼みたくなった。かつての有名人が今、どうしているのかを見たいという、下世話な気持ちがわいてきて——。

ｉＰａｄの写真を繰る手を止め、智美はテラスの方角を見る。

谷底から青年たちの歌声が聞こえてきた。楽しいことでもあったのか、はしゃぐ声がして、次々と川に飛び込む音がする。

ここから数メートル先に青年たちが裸で水を浴びている。それを意識した途端、身体が熱くなってきた。

熱く、とろけるような感覚が、両足のつけねにじわりとわきおこってくる。それは身体の奥底で熾火《おきび》のように燃えはじめる。

いやらしい。だけどそれは今までずっと封じ込めてきた感覚だった。

薔薇の植栽の前で伏し目がちに笑う写真を智美は見つめる。

この感覚を思い出したのは、三ヶ月前のあの撮影からだ。

五月のあの日、立花の発案でロケで撮影しようということになり、宮川を加えて街に出かけた。まるでモデルになった気分だった。それなのにカメラを向けられると、顔が固まってしまう。

困っていると、楽しいことを思い出すようにと立花が言った。

「楽しいこと、ですか？」

佐山さん、スマイル、スマイルと、宮川が言った。

「どうしたの、深刻な顔して」

「楽しいことって、あんまりなくて」

そお？　と宮川が言うと、立花がシャッターを切り出した。

そのまま二人で話をして、と宮川に指示をしている。

「えっ？　話をする？　じゃあ、なつかしい話をしようか。佐山さん、コウキさんのシリーズでどれが一番好き？」

「全部を見てるわけじゃないけど、南米篇……」

言ってすぐに後悔した。

それは雨に打たれて歩き続けた立花が怪我をした回だった。そのシリーズは結局、最終の目的地には行けず、番組としては失敗の回だ。

あれね、と宮川がうなずいた。

「ラストシーンでびっくりしたよね。俺、てっきり、それでも最後は目的地に行って写真を撮りました、で終わると思ってたから、担架に乗せられてヘリで搬送されるシーンで終わって、マジでびっくりした。あれ、実際のところはどうだったの？」

覚えていない、と立花が答えた。

「あまり思い出したくもないです」

「ごめーん。でもさ、佐山さん的にはあの回、どこがぐっと来たの？」

そう聞かれて返事に困った。

あのシリーズで一番覚えているのは、怪我と高熱で動けなくなった立花を看病していたスタッフが、彼の衣服を脱がせて汗を拭いていたシーンだ。

薄暗いテントのなか、ランプに照らされて浮かび上がった立花の上半身はボクサーのように鍛えられていて、見てはいけないものをのぞいてしまった気がした。それでいて、スタッフに身体を拭かれ、ぐったりとしている半裸の立花を見て、身体の奥底が熱くなってきた。女にも欲情や劣情という感情があるならば、あれこそがたぶん、そうだ。

しかしそんなことを本人の前ではとても話せない。

「ぐっと来たところ……私もラストシーン」

「だよねえ、あの終わり方は衝撃的だったよね」

何も言わずに立花が立ち位置を変え、再びカメラを構えた。

レンズ越しに視線を向けられていると感じたら、身体が熱くなってきた。

あのときブラウン管のなかにいたあの人が、目の前にいる。昔と変わらぬ引き締まった身体で。しかも今朝からカメラ越しにずっと自分を見つめている。

こんなに長く男に見つめられたことが、これまでの人生にあっただろうか。しかも……。

佐山さん、と声がした。

ハイ、という返事がうわずった。

「もう少し、お身体を斜めに振ってください」

横に振りすぎだと言って立花が近づいてきて、軽く肩に触れて角度をつけた。

立花の指が身体に触れたら、息が止まりそうになった。

すぐに立花が元の場所に戻り、レンズをのぞいた。

ちょーっと、ちょっと、佐山さん、と宮川が笑う。

「どうしたの、さっきより表情硬いよ。リラックス、リラックス」

構えていたカメラを下ろして腰のあたりに当て、少し考えたあと、「佐山さん」と立花が呼びかけた。

「下のお名前はなんていうんでしたっけ」

「智美、です……難しい方の智恵の智に」

美術の美ですね、と立花があとを続けて、カメラを向けた。

智美、とやさしい声がした。

「ハイ」

「笑って」

その声に照れてしまい、全力で笑っていた。

シャッターを続けて切ったあと、立花がカメラから顔を上げた。

「いい笑顔をいただきました、佐山さん」

「やだ、コウちゃんったら、女殺し……」

あなたのお母様から教わったのだと宮川に言いながら、立花がレンズを替えた。

立花は以前、宮川の母親を撮影したことがあるという。その折に彼女は下の名前で呼んでほしいと頼み、さらには呼び捨てにされると、思わず笑ってしまうと言ったそうだ。

「たぶん驚いて笑うという感じなんでしょうね」

「なんでそんなこと言い出したんだろうね、うちのおふくろは」

「そんなふうに呼んでくれる人は、もういないから。そうおっしゃっていましたけど」

たしかに名前を呼び合うのは、恋人同士のうちだけだ。そう思うと、もう一度、智美と呼んでほしくなった。

レフ板を片付けながら宮川が「コウキさん」と改まった声で呼びかけた。

「悪かったね、うちのおふくろ、色ボケみたいなことせがんじゃって」

「そんなふうには思ってませんよ」

「でも俺、おふくろに言ってやりたいな。母ちゃん、それイケメンだけができる技ですから。俺がやったら殴られるよ、ねえ智美」

「殴りはしませんけど」

「怒ってる、ほら、怒ってるよ、コウキさん。むちゃくちゃ智美が怒ってる」

「怒ってませんって」

「俺、さっきも瀬戸っちにヒロちゃんって言ったら、殺されそうな目ぇ向けられた」

一回、殺されてみたら、と立花が答えて、機材を入れたバッグを肩にかけた。

「そしたら少しは懲りるでしょう」

「懲りないよお、懲りないのが俺の良さだから。ねえ、智美」

「やっぱり佐山って呼んでください」

「ほら、ね？　なんだよ、この不公平感は」

かすかに目をなごませ、立花が歩き出した。そのあとを宮川と一緒に続く。

年が近い三人で歩いていると、学校の憧れの先輩とお調子者の先輩、二人といる気がした。

ｉＰａｄを枕に向かって軽く放り投げ、智美はベッドに顔を伏せる。立花も宮川も、女と
いう以前に人として扱ってくれた気がする。

だけどあの男は……。

夫となるはずだった鈴木は、人ではなく、女という機能を持つ物として見ていたようだ。

ひそやかに川の音が響いてきた。

ゆっくりと智美は起き上がる。

どこにも行く気になれなかった。しかし水音を聞いていたら、聖なる川に身をひたして、
身体の奥にわきあがってくる熱を鎮《しず》めたくなった。

紺色のポロシャツとコットンパンツに着替え、クローゼットにあった懐中電灯を持ち、智
美はヴィラの門を出る。

ホテル内の小道に街灯はなく、四角い提灯《ちょうちん》のようなあかりが道の両脇に等間隔に置かれ
ている。下からの光に照らされると、熱帯の樹木と花々は昼に見るよりもあやしく、猛々《たけだけ》し

い。

　甘く濃厚な花の香りが漂ってくる。

　バトラーの青年、ニョマンがつけていたのと同じ香りだ。東京でも嗅いだ記憶があるが、何の花か思い出せない。

　しばらくあたりを歩いたが、崖下へ向かう階段の入口は見つからなかった。

　ホテルの敷地からは入れないようにしてあるかもしれないと考え、智美はホテルの門を出る。すぐに街灯の下から、川下《かわしも》へ小道が続いているのが見えた。

　進んでいくと階段が現れ、突然目の前が開けた。黄色い光の電灯に照らされ、石造りの沐浴場が広がっている。

　静かな水場に、智美はそっと立つ。

　水に浸してみようと、足を伸ばしたら、頭上から男の声がした。

　ノー、と言っている。

　振り返って見上げると、バトラーのニョマンが階段の中ほどに立っていた。

　ゆっくりといくつかの単語を並べて、ニョマンが川下を指差している。ここは男性用の沐浴場らしい。

　詫びを言って、智美は水場のそばから離れる。何も言わずにニョマンが近づいてきて、純白の上着をふわりと脱ぐと、水のなかに入っていった。

かすかに、再び花の香りがする。

逃げるようにして階段へ向かうと、うしろから声がした。

「昨日もピザ、今日もピザ」と歌っている。

振り返ると、青年の姿は見えなかった。それなのに水音だけがする。あかりが届かぬ暗がりで、水を使っているようだ。

物憂げな声の英語が続き、最後にレストランと聞こえた。

ホテルのレストランを使ったらどうだと言われた気がして、智美は暗がりに答える。

「アイ ドント ライク レストラン」

今度は「ダンス」という言葉が聞き取れた。

ケチャ、バロン、と続けて声がする。

「バロンダンスを見ないかって？　ノー」

「ショッピング、シルバー」

「シルバー……銀細工？　ノー」

「シーフード」

「魚は苦手。ノー」

「ソウ、エブリデイ、ピッツァ、ルームサービス」

「イエス」

水音にまじって笑っている気配がした。濃密な闇が笑っているようだ。

仕方ないでしょう、と智美はつぶやく。

「レストランも買い物も一人では店に入りにくいんです」

水にもぐるような音がしたかと思うと、また笑い声がした。

「そんなに笑うなら……エスコートしてよ」

「エスコート……」

闇の向こうで声がしたと思ったら、目の前の水のなかからニョマンが立ち上がった。体毛がない褐色の肌は滑らかそうで、鋼《はがね》のようにしなやかな身体をしている。

濡れた髪を両手でかきあげると「ＯＫ」と小さな声がした。

「ＯＫって？」

特別なガイド、という言葉が聞こえた。

「あなたが？」

水場から上がってくると、ニョマンが腕時計を見た。

三十分後にドレスアップをしてエントランスで待てと言っている。

「ドレスアップって？」

「ノー、スニーカー、ノー、トラウザーズ」

「トラウザーズって？」

「ノー、パンツ」

コットンパンツを指差されて、顔が赤くなるのを感じた。

たしかにステテコ風のコットンパンツはドレスアップという言葉からかけ離れている。ただ、おしゃれな服も靴も持ってきていない。

「アイ ドント ハブ ドレスアップ クロス？ クロウズ？」

英語が話せる相手から見たら、知性のかけらもない言い方に違いない。それでも意味は通じたらしく、ニョマンが「ＯＫ」と微笑んだ。静かな微笑み方は、どこか立花に似ている。

英語で「三十分後」と時計を指差して言うと、濡れ髪のしずくを払い、青年は階段を上がっていった。


ステテコ風のパンツは丸めて捨てた。スニーカーとソックスはクローゼットの奥に片付けた。代わりに今はドレスを着て、素足に革のサンダルを履《は》いている。

紫水晶とムーンストーンの飾りがついた革サンダルは、夜になると光を集め、足の甲に星々がきらめいているようだ。

こんな美しい履物を見たことがない。ましてや、それが自分の足にあるなんて。

鏡に向かい、智美はうしろで一本にしてあった三つ編みをほどく。

昼間は三つ編みをうなじのあたりでまとめ、銀のバレッタで留めている。夜が近づくと、その髪をすべて解《と》く。きっちりと編み込んだ髪をほどくと、パーマをかけたように髪が豊かに波打ち、背中に落ちていく。

夜になったら髪形を変えるとゴージャスだとニョマンが言った。とても美しい黒髪だから、夜は自由に解き放つべきだという。

ｉＰａｄや互いのスマートフォンで、翻訳機能を使いながらの会話は、単語を並べているときより、内容が豊かになった。そうして理解したニョマンの言葉に従ってみると、思いもかけぬ自分の姿が鏡のなかに現れた。

新しい自分は女らしくて、花の香りがする。

三日前の夜、水場で鉢合わせしたニョマンが特別なガイドをしてくれると言った。

三十分後、エントランスに行くとホテルの白い車が待っていた。ドライバーは見知らぬ男で、ニョマンから指示を受けているという。

車は山を降り、村の広場の一角にある、イタリア風のカフェの前で停まった。その店に入るようにドライバーに言われ、カフェに入ってコーヒーを飲んでいると、麻の白シャツを来たニョマンがバイクで現れた。

今日の仕事は終わりらしい。さっきは仕事の終わりに汗を流しに川に行ったそうだ。

職場にシャワーはないのかと聞いたら、あると答えた。だけど崖下の川に行く方が好きなのだという。

簡単な食事をそこですませると、バイクのうしろに乗せられ、カラフルなドレスを売る店と、革サンダルを作っている工房に案内された。

そこで着替えたあと、再びバイクのうしろに乗った。

声も物腰も静かなのに、ニョマンが操《あやつ》るバイクはかなりのスピードを上げ、急カーブを曲がっていく。最初は遠慮しながら彼の腰に手を回していた。しかし、あまりの速さに最後は背中に抱きつくようにして、暗い道を走った。

やがてバイクは停まったが、あたりは真っ暗だった。歩き出したニョマンのあとに続いていくと、ホテルとよく似たヴィラが現れた。

ヴィラに入ると、すぐに抱きしめられた。

ずっと背中から彼を抱きしめていたから、向かいあって抱きあうことに何の抵抗も感じなかった。最初から決まっていたかのように黙ってベッドに入って身体を重ねた。

一度目が終わると、どこからかニョマンが蜂蜜を持ってきて、プールサイドでマッサージをしてくれた。バストトップに蜂蜜をたらされると、くすぐったさに身がよじれる思いがする。ニョマンがその箇所をこねて、蜜を舐め取ると、甘い果実になったようだ。

再び抱き合うと、互いの身体が蜂蜜だらけになった。今度はプールに誘われ、睦《むつ》み合う。

昼間の熱を宿したぬるい水のなか、肌を這う手は男らしいが繊細に蠢《うごめ》き、全身にまぶされた蜜がゆるやかに溶けていく。ベッドに戻ると、月の光を弾くほど、肌がしっとりと艶めいていた。

夜明けが近づくと、一足先にニョマンはヴィラを出ていった。ここは友だちの持ち物なのでヴィラのレンタル料はいらず、帰るときはこの先にあるカフェでタクシーを呼び、ホテルへ戻ればよいという。

昼過ぎに目覚めたあと、そのカフェで食事を取った。タクシーでホテルに戻ると、ニョマンがレセプションにいる。到着したばかりの年配の夫婦にフランス語で何かを説明していた。目が合うと、折り目正しく一礼された。

それから連日、ニョマンの手配でショッピングに行った。ドライバーとともに常にニョマンが同行し、ときには彼自身が車を運転してくれることもあった。

髪をほどいたあと、プルメリアの花が描かれた黒いスリップドレスを智美はまとう。同色の薄いショールで胸元をカバーして、耳の脇の髪に白い花を挿した。

ニョマンの香りが好きだと言ったら、この花が毎朝部屋に届くようになった。彼はチュンパカと呼んでおり、制服のポケットに薄紙に包んだ花を忍ばせている。

何もかもニョマンが整えてくれた。ドレスもサンダルも髪の飾りも。夜が更けると、そのすべては彼の手ではずされ、甘い果実をむさぼりあう情事が始まる。

鏡に向かって薔薇色の口紅を引き、智美は微笑む。iPadのあの写真より、艶やかに笑っている自分がいる。

身体の奥に宿った熾火が一気に燃え上がり、熱と光を発しているようだ。

ヴィラを出て、夕闇のなかを智美はレストランへ向かう。

日本にいたとき、鈴木が言っていた。このホテルでいちばん美しいのは夕方で、レストランのテラス席でライスフィールドを渡る風に吹かれると、命の洗濯をしている気になるのだという。

田んぼではなく、ライスフィールドと言われると、素敵に思えるのはなぜだろう。そう思いながらテラス席に座ると、「トモミサン」と呼ばれた。

声がする方角を見ると、二つ隣のテーブルに鈴木が座っている。

「智美さん？」

顔をライスフィールドに向けて知らぬふりをした。すると鈴木がためらいがちに近寄ってきた。

「あの、佐山さん、ですよね」

黙っていると「すみません」とあやまられた。

「本当、すみません。偶然みたいに声をかけたけど、実は昨日も一昨日も、ここに来てたんです」

「どうしてですか？」

なんていうんですかね、と鈴木が恥ずかしそうに笑った。

「なんというか……そっちへ行ってもいいですか？」

返事をしていないのに、鈴木がビールのグラスを持って目の前の席に座った。

「楽しんでるみたいですね、佐山さん」

「そちらも……」

急に自分の身なりが派手に思えてきて、智美は軽くナプキンで口紅を押さえる。

「いや、僕は後悔しっぱなしで」

鈴木がビールを口にした。冷たい飲み物のせいか、今日は口の臭いがしない。

「ひどいことを智美……佐山さんに言ってしまったと思って」

この間、話した人とは別れたのだと、ためらいがちに鈴木が言った。

「どうしてですか？」

「価値観の違い？　それとも世代の差かな。彼女と一緒にいると、何もかもあなたとくらべてしまう」

ライスフィールドを渡ってきた風が、竹製の風鈴を揺らしている。

鈴木がビールのグラスに目を落とした。

「だから恥をしのんで、ここに来ました」

「泊まっているんですか？」

まさか、と男が笑った。

「街なかの、王宮近くの安いところに泊まってます。昔に戻った気分で悪くないけど、ベッドに虫がいて」

鈴木が向こうずねを指差すと、すね毛の間にぽつぽつと赤く虫刺されの跡があった。

体毛の薄いニョマンの滑らかな肌を智美は思い出す。

レセプションの方角を見ると、奥からニョマンが出てきた。スタッフと何かを話している。

虫刺されの跡を掻きながら、鈴木が笑った。

「とんでもない思いをした。でも、こうして会えたから、来た甲斐がありました」

許してくれませんか、と鈴木が熱っぽく言う。

「一言詫びたくて、ここに通ってきてました。もう一回、リスタートできないかって」

「鈴木さんは、お馬鹿で無邪気で胸が大きい人が最高なんじゃないですか」

のぼせてた、と鈴木がつぶやいた。

「美人は三日で飽きるっていうけど、馬鹿は三日でつらすぎる。子どもの母親ってことを考えると、DNAは少しでも知的なほうがいい」

自分はこの男に何を求められているのだろう。

うつむくと、耳に挿したチュンパカの花が落ちた。腿《もも》の間に落ちたその花を拾う。甘く濃密な花の香が立ちのぼった。

「智美さん、少し印象が変わりましたね」

「そうでしょうか？」

「感じが変わった。前のほうが僕は良かったな。今はなんというか、リゾートに毒されたっていうか」

毒されたのかもしれない、甘い果実に。

夜ごと忍び入る、男の身体の甘い一部に。

でもいいです、と鈴木が鷹揚《おうよう》に笑った。

「構いませんよ。こういうところでは羽目をはずしても」

カクテルを一気に飲み干すと、酔いが急に回ってきた。

仲直りしませんか、と情熱的にささやく声がする。

「ここは愛の島です。一度壊れたからこそ、強くなる絆《きずな》ってあると思うんです」

絆など、ない。最初から、まったく何も。

「鈴木さん、私、もうどうでもいいの」

「どうでもいいって、どういう意味ですか」

「気付いたんです。生活の安定とか将来性とか、そんなの、もう、どうでもいい。わかったの。私もあなたと一緒、どうせなら若くて綺麗な人がいい」

私だって、と言ったら、声が大きくなった。

「人生、あきらめたくないんです」

「僕と一緒になるのは、あきらめなんですか？」

「お前《めえ》が最初に言ったんだろうが！」

男言葉で叫んだ瞬間、鈴木にビールをかけられた。顔にかかった泡を拭《ぬぐ》って鈴木を見ると、千円札を出してテーブルに置いている。

「クリーニング代」

「いりません！」

札を叩《たた》き返したら、ニョマンがこちらを見た。

「ニョマン、この人、なんとかして」

足音もなく、美しい青年が近づいてくる。鈴木がニョマンに目を向け、頭から爪先までゆっくりと目を這わせた。

あ、そういうこと、と冷静な声がした。

「わかった。急速劣化の理由がわかりましたよ。リゾラバか」

ニョマンが軽くレセプションに向かって手を上げた。体格のよいスタッフが足早に近付いてくる。

「なんだよ、俺、別にあやしい者じゃないよ」

テーブルに置かれた千円札をつかんで、智美は再び鈴木に突き返す。それを見たスタッフが鈴木に何かを言い、腕をつかんだ。

「ちょっと待って、誤解だよ。俺、彼女を買おうとしたわけじゃないって、ちょっと！」

鈴木を連れ、スタッフが去っていく。

駆け寄ってきたウェイトレスが、濡れた服を拭くようにとナプキンを差し出した。受け取らずにレストランを出て、智美はヴィラへの小道を足早に歩く。

リゾラバ、リゾート地での男漁り。人から見れば、この関係はそんな言葉になるのだろうか？


長い休暇が取れたら、また会いに来る。ベッドのなかでニョマンに言ったら笑っていた。それまで覚えていてくれるかと聞きたい。でもどう言ったらいいのか、とっさに言葉が出なかった。

帰国の日を翌日に控え、智美はインターネットの翻訳サイトを参考にして、手紙を書く。メールで送ってもよいことだが、文字で書くと、気持ちが伝わるように思う。手紙を書きながら、ニョマンはどんな文字を書き、どんな署名をするのだろうかと考えた。

翌日の午後、チェックアウトの手続きに行くと、ニョマンがレセプションで待っていた。

手紙をいつ渡そうかと迷っていると、ニョマンが封筒をそっと差し出した。Ｔｏｍｏｍｉと宛名が書いてある。なかには便箋《びんせん》が入っていた。

メールより手紙のほうが心が伝わる。

同じことをニョマンも考えていたのだと思うと、少女の頃のように心がふるえた。

智美が差し出したカードの支払いの手続きのため、ニョマンが席を離れた。

手紙をそっと胸に押し当ててから、智美は便箋を広げる。

白い紙の中央に、二行だけ手書きの文字があった。

「スペシャル　ボディマッサージ　7デイズ@……」

アットマークのうしろには一万七千円相当の金額、その下には蜂蜜、七瓶分の代金がある。

膝の上に、智美は手紙を置く。戻ってきたニョマンがそれを見て、「オンリー、キャッシュ、プリーズ」と言った。

「現金でお願いします、ね」

「イッツ、ビジネス」

「ビジネス、なんだ」

泣かないで、とニョマンが言った。それを聞いて、泣いている自分に気が付いた。

「そうだよね……ビジネス……なんだ」

ニョマンが横を向き、静かに目を閉じた。

その横顔を見る。ビジネスというのなら、買い占められるのだろうか。その目もその唇もその肌も。

ニョマン、と呼びかけたら、まぶたが開いた。その目を黙って見つめる。

この瞳で見つめられるなら。この男の腕のなかにいられるなら、何も惜しくない。

取りにいこう。甘い果実を。

ビジネスなら、あなたを買い占める。その指も声もしなやかな背も腰も、金で買えるというのなら、すべてが欲しい。

フライトをキャンセルしてほしいとeチケットを渡し、まだここに泊まれるかと聞いた。

何日泊まりたいとニョマンがたずねる。何日泊まれるのかと聞き返すと、七日間だという。

OKとつぶやき、智美はニョマンの腕をつかむ。

「セブンデイズ、ユー　ビロング　トゥ　ミー」

七日間、あなたは私に所属する。

モア、ハニー？　とニョマンが微笑む。

「イエス、モア　ハニー　ライトナウ」

空港へ行くために手配した車が、エントランスに入って来た。

ドライバーに向かって、ニョマンが両腕で×印を作り、ポーターを呼んだ。

再び元いたヴィラに戻り、智美はニョマンに腕を差しのべる。

もういい、何もかも。若さも家庭も夢もない。だけど孤独に耐える覚悟と自由になる金が少しある。

しなやかな背に腕を絡みつけると、軽く耳を噛まれた。

その甘美さに智美は目を閉じる。

私の言葉も思いも、たぶんあなたの心に届かない。それでもいい。それでも今は構わない。

あなたにとってビジネスでも、私はあなたに恋してる。

# ボーイズ・トーク

最近、自分の若かりし頃に活躍していたアイドルの姿をインターネットで探してしまう。当時は洋楽を好んでいて、邦楽にはまるで興味がなかった。それなのに四十代の今、インターネットでしきりと眺めてしまうのは、昔のテレビ番組で歌っている女性アイドルたちの姿だ。

ザ・ベストテン、夜のヒットスタジオ、ザ・トップテン――小、中、高校生の頃はテレビをつけると、いつもアイドルたちの歌声が聞こえてきた。そんな感慨にふけってネットを見ていると、いつも見ている動画サイトになつかしいテレビ番組の映像が上がった。

権利の関係ですぐに削除されてしまったが、それは大学時代のクラスメイトで、かつて同じ部にいたことがある男が出演していた映像だった。

冒険家であり、写真家でもあるというふれこみのその男が、海外の秘境をレポートするというその番組では、珍しい風景や動植物の生態などが丁寧《ていねい》に紹介されていた。それなのに見終わったあと一番心に残っていたのは、風景でも動物でもなく、同級生のうしろ姿だった。

番組の最後、夜明け前の空の下、彼は鏡のような湖に一人でカヌーを漕ぎ出していく。そのシーンには音楽もナレーションもなく、パドルで水を掻《か》く音だけが響いていた。

パソコンの画面のなか、小さくなっていく彼のうしろ姿を見ていたら、何かが心にこみあげてきた。

それが何なのかわからないが――。

大学近くの居酒屋でビールを飲みながら、岡野健一《おかのけんいち》はその男、タチバナ・コウキのことを思い出す。

数年ぶりに当時所属していた部、探検部の仲間たちとの飲み会に出席する気になったのは、あの映像の影響が大きい。

目の前では当時の仲間たちが彼の噂をしている。

だからさ、と言って、部の幹事長だった男が口元についたビールの泡をぬぐった。

「やっぱ、立花《たちばな》のあれってバブル、まさに泡だったんだよね」

泡、泡、と誰かの声がして、幹事長が続けた。

「今にしてみりゃ、なつかしいけど。毎回あんな大がかりな海外ロケしてさ。どんだけ金かけてたんだよ。それでまた、俺、ナレーションのあのポエムが苦手で……」

たしかにポエムだったなあ、と声がして、「どんなのだっけ」と誰かがたずねた。

こんなのだよ、とテーブルの端から、低く押し殺した声がした。

「『泥のように眠る男の夢に現れるのは、紅の翼を広げる美しき鳥の姿か。コウキ、タチバナ二十四歳。挫折に泣く……夏。トゥ ビー……コンティニュード』。そのあと、テーテーテテーってテーマ曲がかかる」

それだよ、と声がして、皆が笑った。

「トゥ　ビーって言ったあと、変なタメがあって、コンティニュードってささやく。寒気がした。でもあれ、はやったなあ。子どもの間で」

別に立花が言ってたわけじゃないけどね、と取りなす声がした。

「ナレーターが無駄に暑苦しかっただけで。でも俺、あのときダブルで留年して泣きそうだったから、お前のどこが挫折じゃって、テレビ見ながら泣けてきた。いいよな、あいつは取材であちこち行けて」

ま、でもたしかに挫折はしたんじゃないの？　と別の声がした。

「結局、借金苦で首が回らなくて田舎に帰ったんだから」

無理したんだよ、と副幹事長だった男が枝豆に手を伸ばした。

「自分の身の丈以上に。サッカー選手だの、トリリンギャルだのとド派手に絡んでさ。俺たちが知ってるコウキ、タチバナ十九歳はド地味な奴だったのに」

再びわきあがった笑いを聞きながら、岡野は目の前にある唐揚げを口にする。

この部を二年生でやめたタチバナ・コウキこと立花浩樹の噂をするときは、誰もが心の底で嫉妬と羨望《せんぼう》を抱く。

もしかしたらテレビのなかにいたのは自分だったかもしれない。あるいはもし自分が選ばれていたなら、もっとうまくやれていた。

幹事たちの笑いの底にはそんな自負がひそんでいる。そんなふうに思うのはひがみだろうか。探検に憧れても、体力や野外活動のスキルに自信がなく、スポンサー探しや会計などの後方支援に徹していた者の――。

おいおい、オカケン、と幹事長が、昔のあだ名で呼んだ。

「ぼうっとしてるけど、大丈夫か。起きてる？　飲んでる？　生きてる？」

生きてる、と軽くビールのジョッキを掲げ、岡野はテーブルについている人々を眺める。

登山、沢登り、釣り、遠泳、カヌー、ヨット。己の肉体を極限まで使って国内外の自然に挑み、未知なる領域を探検するというこの部は、今の学生たちには暑苦しく感じられるらしい。十年前に廃部となっている。

しかし多くの部員を抱えて華やかな活動をしていた時期もあり、なかでも自分たちの二代、三代前の部員は南米とアフリカへの遠征を続けざまに行い、成功させていた。

それらの活動資金は部員全員によるアルバイトでもまかなっていたが、大半は企業からの支援だった。今ではあまり考えられないが、当時は若者たちの挑戦を支援するという名目でスポンサードしてくれる企業がいくつかあった。『タイアップ』や『企業の協賛』という言葉を覚えたのも、この部の活動がきっかけだ。

南米とアフリカへの遠征を成功させたＯＢに追いつけ、追い越せという気持ちもあり、今いるメンバーたちが主力で活躍していた時期はタクラマカン砂漠を自転車で横断するという企画が持ち上がっていた。

そのスポンサーを探しているとき、当時、カリスマプロデューサーと呼ばれた大学ＯＢの、巻島雅人《まきしままさと》に相談に行ったのがきっかけで、立花浩樹は『タチバナ・コウキ』と名を変え、世に出ていった。

その巻島が部室に現れたときの話で皆が盛り上がっている。

プロデューサーの巻島雅人はバブルの最盛期、自分の名字と、最大という意味の英語をかけて、ＭＡＸＩＭＡ《マキシマ》と名乗っていた男で、人でも物でも現象でも彼が関わっていると、時代の最先端を行くものに感じられた。しかし時代の仕掛け人と言われながらも、本人はめったに表に出てこない。

それゆえに突然、美しい女性秘書とともに彼が部室に現れたときは、誰もが本当に本人なのだろうかと最初は疑った。

驚く部員たちを前に、巻島は自分が今、若者をメインに据えて、さまざまなメディアと連動する企画に関わっていることを話し、その一つとして母校の若者の挑戦を支援したい気持ちがあると語った。それからフロントメンバーと呼ばれる、実際に砂漠を自転車で横断する主要メンバーの六人と歓談したあと、その場にいた部員全員のポラロイド写真を撮って去っていった。

そのときは誰もがタクラマカン砂漠横断の支援をしてくれるものだと思っていた。ところが巻島からの連絡はそれ以来まったくない。

その八ヶ月後、巻島が関わる企画として、『ネイチャリング・シリーズ』という冒険番組がテレビで華々しく始まった。若き冒険者として現れたのは『ネイチャリング・フォトグラファー』の『タチバナ・コウキ』で、それは半年ほど前に退部した立花浩樹だった。

高校で登山部にいたという立花は体格こそ立派だが、こつこつと写真入りの資料を作っては、フロントメンバーのためにスポンサー探しをしていた控えめな男だった。登山にせよ、カヌーにせよ、野外活動のスキルに限っていえば、立花より優れていた者は部に大勢いた。

しかし番組が回を重ねるたび、立花はその技術をどんどん高めていく。カメラやアウトドアの技術は、各分野の一流どころが彼を指導していたという話だが、技術以前に立花の動作は一つひとつが機敏で無駄なく、見ていて心地よかった。

巻島が立花を選んだのはそうした動きの清々しさと、成長の幅の大きさを買ったのだろう。

その立花に授業のノートを貸したことがある。大学四年生のときのことだ。

冬休みに入る前、実は卒業できるかどうかの瀬戸際にいると、たいそう困った声で立花が電話をかけてきたので、何科目かノートを貸してやった。そのノートを返してくれたとき、丁寧なお礼の言葉とともに、サバの缶詰をたくさんもらったことを覚えている。

野性味と都会的な洗練さを併せ持つ男としてメディアに取り上げられていた青年と、素朴な缶詰の取り合わせはどこか不思議だった。

どうしてサバ缶をくれたのだろう。

思い出し笑いをしながら、岡野はビールを飲む。

缶詰、美味《うま》かったけど……。

あのときはいきがっていて、たいして立花と話をしなかった。今思えば素直に聞いて、気楽に話をしてみればよかった。

夜明け前の湖に一人、静かに漕ぎ出していった立花の姿を思い出す。

誰よりも早く群れから離れ、彼は大人になっていった。

今、どうしているのだろう。

同じように思っている人間が多いのか、話題は立花の近況になっている。

『借金苦』を抜けた立花は、最近、東京に戻ってきたらしい。

目黒のほうで細々と写真の仕事をしているようだと、一年下の後輩が言っている。

「フェイスブックがあるらしいですよ。あのタチバナ・コウキに家族の写真を撮ってもらったって、誰かがツイッターにあげてました」

あいつ、本当に写真撮れるの？　という声が上がった。

「フォトグラファーって名乗ってたんだから、一応撮れるんだろうよ」

誰かの声に皆が笑った後、そろそろお開きにしようかとなった。

店を出たあと、電車のなかで岡野はスマホでタチバナ・コウキの名前を検索してみる。するとたしかに最近、立花に子どもとの撮影を依頼したという人物のツイートが出てきた。

『今は本名でお仕事をしているけど、それはナイショ』と思わせぶりに書いてある。

そこで本名で検索をしなおすと、「ナカメシェアハウス」という一軒家の写真をカバー画像にしたフェイスブックが出てきた。

オレンジ色の瓦や、窓につけられた黒い手すりが洒落《しゃれ》た二階建てのその家は、ネイルとエステも行う美容サロンがあり、立花はそこを連絡先にして写真撮影などを請け負っているようだ。

名前の下にはパスポートなどの各種証明写真からウェブのプロフィール撮影、あらゆる出張撮影に応じると書かれていて、現在、キャンペーン価格中という文字が添えてあった。

一体、何のキャンペーンなのかよくわからないが、酔った勢いで、パスポート写真と、ウェブのプロフィール写真の依頼のメッセージを送ってみた。すると翌朝、返信があり、料金とともに撮影可能だという日が何日か提示されていた。

酔いが覚めた頭でそれを見て、最初は断ろうかと思った。

しかしいずれにせよ、パスポートは更新の時期が迫っていたし、ウェブのプロフィール写真と合わせて四千円という料金は安かった。

そこで会社の帰りに中目黒に寄れる日を選んで撮影日を決め、ナカメシェアハウスに再びメッセージを送った。そしてもしタチバナ・コウキ氏なら、大学時代のクラスメイトで探検部にいた岡野という者だと追伸に書き添えてみた。

しかし駅からシェアハウスまでの地図を送ってきたメールにはそれについては触れられていない。

同姓同名の別人なのかもしれない。

むしろ……同姓同名の別人であったほうが気楽だった。

探検部OBの飲み会から十日後の夜、ナカメシェアハウスの一室で撮影用の照明を浴びながら、岡野は軽く手を握る。

クーラーは充分に効いているのに、手のひらに汗がにじんでいる。椅子に腰掛けた膝《ひざ》の裏も心なしか汗で蒸れている。

撮影をしていた立花がカメラを下ろした。そのすきにスーツのポケットからハンカチを出して手をぬぐい、ついでに顔も拭く。

暑いですか、と立花が聞いた。カーゴパンツにゆったりとした白いシャツを着た姿が涼しげだ。

「暑くはないけど……」

緊張している。カメラのシャッター音と、立花の物腰の静けさに。

スーツの袖口に目をやり、岡野は腕時計を見る。無性に緊張するのは、約束の時間に大幅に遅刻してしまったせいもある。

岡野さん、と声がした。

「はい。何？」

立花がカメラを構えた。

「何か、楽しかったことを思い出してみてください」

「楽しかったこと？　楽しかったこと……すぐには浮かばないな」

「では好きな食べ物は？　お菓子でもいいです」

「好きってわけじゃないけど、納豆なら毎朝飽きずに食ってる」

納豆……と立花が口ごもった。

「では、その、納豆を思い出して」

「思い出して？」

立花がカメラのレンズより少し上の部分に手を広げた。

「ここに好物の納豆があると思って、視線を向けてみてください」

言われた場所を見て、岡野は納豆を思い浮かべる。

うまくいかない。まぜる前の状態なのか、糸を引いた状態なのかと考えたとき、なぜかパイナップルの映像が浮かんだ。

あのピンクのアロハのせいだ。

そう思ったとき、二十分前のことを思い出した。


ナカメシェアハウスから送られた地図には、駅から十三分の場所だと書かれていた。ところが地図通りに歩いて、該当する周辺に来ても目印だという木製の看板が見当たらない。しばらくあたりを探していたら、予約時間を過ぎてしまった。あわててメールに記載されていた携帯電話の番号に連絡をしてみたが、何度かけても話し中だ。

仕方なく今度は固定電話に連絡をしてみると、明るい声の男が出てきた。

近所まで来ていることと、あたりの様子を伝えると、すぐに迎えにいくと電話の向こうで声がした。そしてほどなくしてピンクのアロハシャツを着た小柄な男が近づいてきた。日焼けした顔にパイナップルの柄がよく似合っている。

おまた！　と男が軽く手を上げた。

「ようこそ、岡野さん」

「立花？　さん？」

そうだとしたら、明らかに人違いだ。背の高さがまるで違う。

いやいや、と男が顔の前で手を左右に振った。

「シェアハウスの運営を手伝ってる者です。宮川《みやがわ》っていいます」

「宮川さん……」

「コウキさん、直前に一本、電話が来ちゃって。ちょいとややこしい状態なんで、代わりに出張《でば》ってきました。もう、すぐそこ。準備もできてますよ」

歩き出してすぐ、宮川が黒いフェンスの門扉に手をかけた。よく見ればそこに「ナカメシエアハウス」という木彫りの看板がある。

「こんなところに看板が……」

「すみませんね、ちょっと見づらくて」

この家ですか、と岡野は目の前の邸宅を見る。

そこもオレンジ色の瓦が載った家だが平屋建てで、フェイスブックで見た家とはまるで雰囲気が違う。

「いや、違うんです。この奥です」

宮川が小道の先を指差し、歩いていった。

「旗竿地《はたざおち》って言うらしいんですけど、この道の奥に家があって。旗で言ったらこの通路が竿？　ポールの部分かな」

宮川の言葉が終わると同時に目の前が開けて、芝生の庭が広がった。その奥に夜目にも明るく、オレンジ色の瓦の家が建っている。どうやらここが旗で言えば、布地の場所らしい。

うまい言い方だと思いながら、広い敷地を見ていると、宮川が玄関の扉を開けた。凝った和紙細工の照明が玄関ホールを照らしている。外見は古さを感じさせるが、廊下は明るいフローリングが敷かれていて、室内はかなり改装されているようだ。

宮川に案内されて、玄関脇の部屋に入る。

十二畳ほどの部屋の奥に大きな白い布が吊られていた。その布は部屋の床を覆ってドアの近くまで延びている。

部屋の隅には小さなテーブルと椅子が四脚置かれていた。その一角で男が背を向け、立ったままで電話をしている。

男が振り返った。

立花浩樹だった。昔より少し頬が削《そ》げ、顔立ちが鋭くなっているが、広い肩幅と引き締まった身体《からだ》つきは変わっていない。

話が終わったのか、携帯電話をテーブルに置き、立花がこちらを見た。その瞬間、また携帯電話が鳴った。すかさず立花が携帯の電源を切る。

思わず「いいの？」と声が出た。

いいんです、と立花が答えて、頭を下げた。

「失礼しました、岡野さん、迎えにいけなくて。宮川さんもありがとう」

いや、俺はいいんだけどさ、と宮川が軽く手を横に振った。

「大丈夫なの？　コウキさん」

大丈夫です、と立花が答えた。

「俺、タイミング悪いときに来ちゃったのかな。それにすみません、遅刻しちゃって」

「こちらこそ申し訳ない。気にしないでください。それより……」

ご無沙汰しています、と立花が丁寧に挨拶《あいさつ》をした。

「やっぱり立花なんだ。立花だよね」

軽くうなずくと、早速だがパスポートの写真から始めようと立花が支度を始めた。

それから撮影が始まったのだが――。


カメラのシャッターの音が響いている。好物の納豆を思い浮かべるつもりが、まったく別のことを思い出していたことに気付き、岡野は再びレンズの上を見た。

軽く考えて撮影を依頼したが、それは一対一で真正面から向き合い、互いに視線を交わしあうことだと、今になって気が付いた。

照れくさくてたまらない。

細々と付き合いが続いていた仲間との飲み会ですら、話の輪に加われなかったのに、どうして立花と向き合おうと思ったのだろう。

立花がカメラを下ろした。脚立に浅く腰掛けたままカメラを操作して、今まで撮った画像を確認している。

少し考えた後、立花が再びカメラを構え、シャッターを切りはじめた。

ドアがノックされ、宮川が顔を出した。

「コウキさん、そろそろ背景替える？」

「まだいいです」

「そう、じゃあ何か飲む？　岡野さん、何がいい？」

再び立花がカメラを下ろした。飲み物の要望を宮川に伝えろと言っているようだ。

「別にいいです、お構いなく」

「コウキさんは？」

「それなら僕もお構いなく」

「じゃあ構わぬ程度に何か持ってくる。暑いからさ、なんか飲まないとひからびるよ」

ドアを閉めて、宮川が去っていった。

再び室内にシャッターの音だけが響く。

静かすぎてつらい。そう思ったとき「岡野さん」と声がした。

「何？」

「軽くあごを引いてくれますか」

こう？　と言って引くと、引きすぎだと立花が言った。

「引くって、どれぐらい？　これは？」

ファインダーをのぞいた立花が「ＯＫです」と言うと、ためらいがちに言った。

「今度は軽く会話をしている感じで撮りましょうか」

「何を話したらいいんだろう」

そうですね、と立花が口ごもった。

「まずは……ご無沙汰しています。さっき言ったけど」

その様子に、立花も居心地の悪さを感じているような気がした。

「そうだね……でも、立花はあまり変わってないね」

変わりましたよ、と答えた後、少しくだけた口調で立花が言い添えた。

「白髪が出てきた」

「それはみんな同じだよ」

同じなのかな、とつぶやく声がする。

「同じさ。それどころか、この間、部のＯＢ会に行ったら、髪の毛が薄くなってる人が増えていた」

「そういう年代なんだね」

「そっちはまだ大丈夫そう？」

「今のところは」

くだけた口調で言葉を交わすと、その声は低く響いて耳に柔らかい。

会話がまた途切れた。

立花がカメラを下ろして脚立から立ち上がり、部屋の隅へと歩いていった。

何か音をかけよう、と言っている。

「岡野さん、たしかジャズが好きだったよね」

「よく覚えてるね」

「部の初合宿のとき、自分で編集したカセットテープ持参で来て、先輩の車のなかでずっと流していたから」

そんなことあったっけ、と聞いたら、「あった」と立花がうなずいた。

「先輩に運転させて。大胆だなと思った」

「忘れたなあ。でもカセットテープって、なつかしい。たしかにあの頃、好きな曲ばっかり集めたテープを作るのに凝ってた。ジャズか……」

最近は昭和のアイドルの歌謡曲ばかりを聴いていることを思い、岡野は苦笑する。

「……たしかにね、あの頃は結構聴いてたんだけど、だんだん、よくわからなくなってきてさ。実は今はほとんど聴いてない」

最初からよくわからなかった、と立花が笑う。

「だから少し驚いた。ジャズって年寄りが聴くものだと思っていたから。都会で高校生活を送った人はずいぶん大人っぽいなと思って」

「うちはそんなに都会じゃないよ。埼玉のはずれだし。家から一時間半かけて大学に通ってた。往復で三時間」

そうだったんだ、と言って、立花がオーディオを操作した。

「そうだよ。だから少し、いきがってたのかもしれない」

静かな部屋に音楽が鳴り出した。

「年寄りが聴くものだと思っていたくせに最近、ジャズのスタンダード？　それが落ち着くなと思って、よく聴いている」

女性のボーカルが流れはじめた。『酒とバラの日々』だ。

これでいいかと聞かれて「もちろん」と答えると、撮影が再開された。

音楽が沈黙の気まずさを埋めていく。

しばらく撮ってから、立花が近づいてきた。

隣に立つとカメラを操作して、これまでの画像を一通り見せてくれた。

「今のところ、こんな感じで来てるんだけど……ウェブのプロフィール写真は好感度高くってご要望だったよね」

好感度か、と立花が考えこんでいる。真剣に悩んでいる様子に少しあわてた。

「いや、いいよ、それなりに写っていれば。別に芸能人じゃないんだし」

パスポートの写真は必要だが、ウェブのプロフィール写真はそれほど必要ではない。パスポート用の撮影料金があまりに安かったので、申し訳なくて頼んでみただけだ。

ドアのノックの音とともに、宮川が入って来た。手にはペットボトルと紙コップを持っている。

「どう、調子は？　暑いから麦の酒でも飲みたいだろうけど、麦のお茶ね。コウキさん、そろそろ背景替える？」

替えましょう、と立花が宮川に声をかけた。

「手伝ってもらえますか？」

「ほいきた、どうするの？」

セットを替える間、待っていてくれと言われ、部屋の一角にあるテーブルで岡野は麦茶を飲む。

宮川と立花が小声で相談をしている。それから部屋を出て行くと、二人は大きな観葉植物の鉢を台車に載せて運んできた。

再び撮影が始まり、植物の前に置かれた椅子に岡野は座る。

カメラをのぞいた立花が、鉢の位置を宮川に指示している。

大の男が二人で真剣に、それでいて楽しげに植物を置く位置にこだわっている。それを見ていたら、子どもの頃、夢中になって友だちと遊んだ日のことを思い出した。

少しずつ気が楽になってきて、岡野は口を開く。

「俺、ここへ来るまで、立花のこと、ひょっとしたら同姓同名の別人かもしれないって思ってた」

ああ、と立花がため息のような声をもらした。

「メッセージは読んだけど、悪かったね」

「いや、別にいいよ」

「最近、よく来るんだ。仕事の依頼と一緒に、お前はタチバナ・コウキなのかっていう問い合わせ。……グリーンの位置、OKです。宮川さん」

アイヨ、と答えて、宮川が歩いていき、カメラを構えた立花の背後に立った。

「コウキさん、最初のうちは、その手の問いに丁寧に答えていたんだけど……あっ、ここの家のフェイスブックとツイッターは俺が管理してるのね。だけど、そういう書き込みや問い合わせがあまりに多くて」

インターネットって怖いな、と立花がシャッターを切った。

「昔のことはまったく書いてないのに、誰かがどこかでツイートしたかブログに書いたかがきっかけで、いつの間にか広まってた」

「宣伝になったんじゃないか？」

どうかな、と立花が首をかしげる。

「あの番組のファンでした、って人が撮影を依頼してくることがあるんだけど……あの番組、ナレーションと音楽でガンガン盛り上げていたわりに、実はタチバナ・コウキ自身はそれほどテンションが高くないし、素《す》の立花浩樹にいたっては……」

思わず笑ったら、立花の背後で宮川も微笑んだ。

難しい、と独り言のような声がした。

「誠心誠意、撮影していたつもりでも、テンション低いとか素っ気ないとか塩対応だとか、あとでネットに書かれたりして。塩対応って変な言葉だな」

逆はなんだろう？　と立花がぽつりと言う。

「たしか、神対応……」

ですよね、と宮川に同意を求めると、宮川が腕組みをして、うなずいた。

神対応、と立花がつぶやいた。

「その、神対応がどうすればいいのかわからないから、最近は昔のことを聞かれても、答えない。そうすると即刻撮影をキャンセルしたり、連絡なしにすっぽかしたりする人もいる。結局、仕事の依頼というより『あの人は今』を見たいんだろうね」

今回の依頼にそうした思いがなかったとも言えず、岡野は黙る。

さっきの電話も、と立花が、部屋の隅にあるテーブルに顔を向けた。

「そんな話。昔、仕事でお世話になった偉い人から。切るに切られず」

「仕事の話？」

そうじゃない、と立花が苦笑した。

「あの頃の話を独占激白しないかってことだった」

「ゲキハクって？」

「倒産したときの負債額はいくらか。あのとき事務所社長と何があったのか。借金はどう返したのか。それからバブルのときの豪快な金遣いのエピソードはないか……過去の話ばかり」

軽くため息をついたあと、「そういうわけで」と真摯《しんし》な声がした。

「申し訳なかった、メッセージを無視してしまって。無事に卒業できたのは、岡野さんのおかげなのに」

覚えててくれたんだ、と言ったら、立花がうなずいた。

「お礼に缶詰を渡したことも……あれも申し訳なかったね」

缶詰ってマルオ印《じるし》のサバ缶？　と宮川が聞くと、立花がうなずいた。

「地元の身びいきじゃないけど、あれはうまいよ、コウキさん」

宮川さんは同郷の人なのかと聞くと、実は大学も同じだと立花が答えた。

先輩なんだ、と言ったら、「おう！」と宮川が手を振った。

「君らと学部は違うけどね。でも高校はコウキさんとおんなじ」

「どういう関係なんですか？」

「俺たち？　なんだろう、ひょうきん族？」

「知りませんよ。何を言ってるんですか」

冷たい男、と宮川が笑った。

「ここは笑ってよ。もう〜冷たいってコウキママに電話で泣きついちゃおうかな」

「なんでうちの母の番号を知ってるんですか」

立花が撮影の手を止め、宮川を振り返った。

「この前コウキママが、コウキさんの携帯につながらないって、ここんちの固定電話に連絡してきたからね。『いつぞやのテレビ屋です』って言ったら、『ああ』って言ってたよ」

ああ、という言葉を「んああ」と嫌そうに言って、宮川が再び笑った。

「で、俺が『今、コウキさんの金魚のフンしてます』って言ったら、『あんた、うちの子、だます気じゃないだろうね』だって。信用ないのね」

ないでしょう、と立花が言うと、カメラの画像を確認し始めた。

「あ、そう」

「要領のいい人たちには昔、手ひどく裏切られてますから」

「要領がよかったら、こんな日は麦のお茶じゃなくて麦のお酒を飲んでるよ」

小さく笑うと、立花が手元のカメラから顔を上げ、「ＯＫです」と言った。

撮影は終了したらしい。

パスポート用の写真を申請に必要な大きさに整えてくると言って、立花がスタジオを出ていくと、宮川が新しい麦茶を運んできた。

立花も宮川も、この家で美容サロンを開いている女性もこのシェアハウスに住んでいて、サロンやスタジオは空き部屋を利用しているらしい。

その気になれば渋谷や代官山へも歩いていけるこの場所は、通常なら家賃も高いのだが、オーナーは最近、家を貸すのをやめ、更地にしての売却を決めたそうだ。ところが道路に面していない、旗竿地という特殊な土地の形状から、思っているような価格がつかず、今は『塩漬け中』なのだという。

土地の売買の話が将来まとまれば、住人たちは立ち退《の》かなくてはいけない。いずれその日が来ることを了解するという条件で、オーナーは住人たちに空き部屋を破格値で提供しているそうだ。

麦茶を飲みながらの宮川との世間話が、この家のことから大学近くの定食屋の思い出話になったとき、立花が戻ってきた。

今日、撮った写真データを焼いたCDを差し出しながら、本当はロケで撮ってみたかったと言っている。スタジオより、ロケのほうが得意らしい。

ロケでどんな撮影をしているのかと岡野は聞いてみる。すると最近は家族写真が多いと言って、一冊のフォトブックを出してきた。

それは七、八歳ぐらいの女の子が両親とともに潮干狩を楽しんでいるフォトブックだった。ページをめくると親子が水辺で遊んだり、アサリを掘ったりしている姿が出てきた。やがて家族は海辺でバーベキューを行ったらしく、ページの後半はその光景だ。

両親と幼い娘のはじけるような笑顔に惹かれて、岡野は次々とページをめくる。

最後のページには金色のペンで「立花サンとみや川サンとひろチャンへ」という文字が書かれ、娘から三人への感謝の言葉があった。

四冊分のフォトブックの注文を受けて納品したら、そのうちの一冊をプレゼントしてくれたのだという。

立花がフォトブックを手にして、ページをめくった。

「このほかにも運動会や結婚記念日のパーティとか……還暦のお祝いやお子さんがらみのイベント……家庭でイベントがあったとき、家族が撮影すると、撮ってるその人の姿って写真のなかに入らないだろ？」

たしかに、と岡野はうなずく。妻との間には八歳の娘と五歳の息子がいるが、妻子の写真はあっても、一家四人で写っている写真は案外少ない。

それで、と立花が口ごもった。

「三十分でも一時間でもカメラマンが入ることで、家族全員のいろいろな記念写真が撮れて、それから……さらに別料金でヘアメイク……あれ？」

ハイハイ、と言って、宮川がチラシを出した。

「探してるのは、これ？　コウキさん、営業が下手だな」

そういうわけじゃないよ、という立花の声にかぶせるようにして、宮川が笑った。

「ま、つまり岡野君のまわりで写真のご用命があったら、うちのフェイスブックかツイッターを思い出してくださいってこと。はい、これ」

渡されたチラシはヘアメイクの料金表だった。女性だけではなく、男性や子どものメイクも頼めるらしい。宮川がチラシの価格表を指差した。

「家族写真をご用命の方には、こちらの特別料金でヘアメイクさんもご紹介できるんで、自分史上、最高に可愛く、最高にカッコイイ家族写真のフォトブックが作れます。どう？　このパパ、メイクしているようには見えないでしょ、だけどしてるんだな、これが」

メイクがない場合もある、とテーブルの下に置かれたカゴから立花がノートパソコンを出した。

「最近、野外バーベキューの撮影の依頼が多いんだけど……そっちはメイクなしが多い」

パソコンの画面には、バーベキューを楽しむさまざまな家族の笑顔があふれていた。そのなかの一枚に岡野は目を留める。

娘と同じぐらいの年の少女が、串に刺した大きなエビをほおばりながら笑っている。少女をはさんで、彼女の両親と思われる二人も楽しげに笑っていた。

まさに自分史上、最高に笑顔な写真という雰囲気だ。

「このフォトブック、どれぐらいするの？」

「簡単なものでよければ、出張撮影自体は、二十三区内の場合、交通費込みで一時間、六千円。フォトブック代とか、そのほか別途でオプショナルの料金があるんだけどベースはこの価格」

「出張撮影して、その値段？」

キャンペーン中だから、と立花が答えた。

「何のキャンペーン？」

「この仕事を再開したばっかりなんで、まだ仮免許みたいなものなんだ」

「採算、取れるの？」

「普段は別の仕事してる」

「昔みたいな？　またテレビに出るの？」

まさか、と立花が笑うと、宮川が腕時計を見た。

アルバイトに行く時間が来たという。宮川は週に三回、近所の飲食店で明け方まで働いているそうだ。

じゃあ、またね、と言って出ていく宮川を見送ったあと、撮影料を払おうと岡野は財布を出す。

いいよ、と立花が手を伸ばして押しとどめた。

「撮影料はいい。今日は来てくれてありがとう」

「こんなに時間を拘束して、タダってのは悪いよ」

いいんだ、と立花がなつかしそうな目をした。

「あのときのノートのお礼。缶詰だけで悪かったなって、ずっと思ってたから。でもあの当時は金に困っててね」

「あんなにテレビに出てたのに?」

「給料制だったから。学費も自分で払っていたし。みんなが思っているほど稼いでたわけじゃない……なんて言うと、夢が壊れるってここの住人に嘆かれるけどね」

「じゃあ、飲もう。飲みにいこう」

これから仕事なのだと立花が微笑んだ。撮影なのかと聞いたら、宅配便の荷物の仕分けだと言った。

これまでずっと、夜間にこうした配送関係の仕事をしてきたのだという。

「夜勤ってきつくないか?」

慣れた、と軽く答えたあと、声が小さくなった。

「ときどき、これでいいのか、って思うことがあるけど」

まったく同じことをときどき自分も考えている。ただ学生時代とは違い、それぞれの生活環境や事情が大きく異なっている今、軽く「同じだ」とは言いづらい。

テーブルの上にあるフォトブックを広げてみた。大きなエビを手にした少女が父母と一緒に笑っていた。

それは幸せという言葉そのものに思えた。

立花浩樹は本当に自分で写真を撮っていたのかという話題は、部のOBのなかでいつもあがる。だけどこのフォトブックを見ていると、そんな疑問は一気に消えてしまう。

いい笑顔だな、と家族の写真を眺めた。

こんな一瞬が自分たち家族のなかにもあるのなら、そこを切り取っていつまでも眺めていたい。

気がついたら、自然に声が出た。

「それなら、立花。うちも家族写真を撮ってくれないかな」

気にしないで、と立花があわてたように言った。

「営業したつもりじゃないいんだよ。本当に気を遣わなくても……」

「自分史上、最高の家族写真。いいな、見てみたい。家族は四人。子どもはまだ小さいんだ。

八歳の娘と五歳の息子。結婚が遅かったんでね。立花は?」

結婚? と立花が聞き返した。

「してないよ」

「今はしてないってこと?」

「いや、一度も」

なんで? と聞いた途端、その昔、立花と同棲していた美貌の知性派タレントのことを思い出した。

なんでと言われても……と立花が困った顔をしている。

要領のよい人たちに手ひどく裏切られたというのは、あの女のことも入っているのかもしれない。


夏休みの最後の土曜日、時間を空けてくれと岡野は妻に頼んだ。日頃の感謝をこめてみんなに贈りたいものがあるのだと言ったら、妻は嬉しそうな顔をした。

それから休日に少しずつアウトドアの店をめぐった。

本当はバーベキューの装備を買いに行くつもりだった。しかし気が付くとカヌーや釣り道具を扱うフロアに行っていた。

もっとも見るだけだ。若い頃でさえ、体力不足で続かなかったアウトドアライフが、中年になった今、できるはずがない。それでも最近の装備は軽くておしゃれになっていて、これなら自分でもやれるのではないかと思えてくる。

そんな楽しさを味わいながら、いろいろな店をめぐったが、今回は妻を驚かせようと、自分の小遣《こづか》いで装備や食材などを準備するつもりだ。そこで、結局、激安を売りにする量販店でバーベキューセットを一式買ってその日を迎えた。

土曜日の正午前。東京近郊にあるバーベキュー公園で、うちわでバーベキュースタンドをあおぎながら、岡野は首にかけたタオルで汗を拭く。

ねえ、まだあ、と息子の理人《りひと》がじれたように言った。

「あとちょっとで火がつくから、ね、ちょっと待って」

レジャーシートに体育座りをしていた娘の瑠衣《るい》が「暑い」と言って、うつむいた。

妻が娘にペットボトルのお茶を渡している。

「本当に暑い。こんなところに長くいたら、脱水症状おこしちゃう。ほら、みんな、お茶飲んで」

「あとちょっとだから」

「パパ、さっきからそればっかり言ってるよね。元探検部って言ってたわりに頼りない」

妻の里沙《りさ》がスマートフォンを出すと、何かを検索しだした。

……っていうか、とつまらなそうな声がする。

「バーベキューって最近、手ぶらでやれるって言うじゃない？　スマホでちょっと検索しただけで、ほら見て、こんなにいっぱい。コンロとか炭とか全部用意してくれて、火もおこしてくれて、後片付けもしなくていい。こんなサービスがあるのに、なんでこういうのを選ばないの？　っていうか」

高っ！　と里沙が小さく叫んだ。

「バーベキューにこんなに払うぐらいなら、焼き肉に行った方がいいよ、クーラーも効いてるし」

「そんなに払ってないから安心しろ。装備を買っておけば、また使えるだろう？」

っていうかぁ、と里沙が今度は語尾を長く伸ばした。

というか、を意味する、この「っていうかぁ」という響きが苦手だ。交際を始めた頃は、その言葉足らずなところが九歳年下の象徴に思えたが、中年になってもいまだに若者言葉が抜けない話しぶりを聞いていると、時折情けなくなる。

「パパのお小遣いで買う分には、文句は言わないけど。でも、こういうのって、事前に相談してほしいんだよね」

「驚かせたかったんだよ」

「じゅうぶん驚いた。計画性のなさに」

「そこまで言わなくてもいいだろう」

で、と妻が腕時計を見た。

「そのお友だちのネイチャリングの人はいつ来るの？」

「そろそろだよ」

「なんで最初からいないの？　その人、なんだっけ。ナントカ、コウキ？　火おこしなんて得意中の得意でしょ。最初っから呼んでおけばよかったのに」

「午前中は先に一本、別の撮影があるし、彼は都心に住んでるんだよ」

「一緒にバーベキューするわけじゃなかったの？」

そもそも、と言いかけた妻の言葉をさえぎり、岡野は語調を強める。

「文句ばっかり言わずに、それならあおぐの手伝ってくれ」

「ごまかさないでよ。なんで、そんな人に撮影を頼もうなんて思ったの？　写真なんてスマホのカメラで充分じゃない。何？　……そんな寂しそうな顔しないでよ」

別にいいけど、と妻がお茶を飲み、再びスマホを操作した。

「ねえ、着火剤ってのが、あるの？」

「あるよ、そこに」

妻が固形の着火剤を手にした。

「つかないんだったら足せばいいんじゃない？」

待て、というのも聞かずに妻が固形の着火剤をバーベキューコンロに入れた。その瞬間、すさまじい炎があがって、岡野はあとずさる。逃げるのが一瞬、遅れたら、炎に包まれていたかもしれない。

「馬鹿！　大丈夫か、ママ」

大丈夫だけど、と妻がつぶやき、まじまじと燃え上がる炎を見た。

「もう私、いや。帰る。パパは勝手すぎる。私と子どもたちに贈りたいものがあるって、何かと思えばバーベキュー……。それ、物じゃないですから。それに俺に全部まかせとけって言いながら、野菜を切って、おにぎりを握ったのは私だし」

「食材は買ってきただろう」

「じゃあ言わせてもらうけど、ラム肉って私、苦手。ラムを焼いたらそれ、バーベキューじゃない、ジンギスカンですから。それからカッチンカッチンに凍ったエビ。少しぐらい解凍しといた方がよかったんじゃないの？　サプライズをするなら、もうちょっとちゃんと調べてよ」

暑い、と息子がしゃがみこむと、悲しげな声を出した。

「帰りたいよぉ」

私もぉ、と娘が言った。

里沙が車のキーを渡してくれと言った。ポケットから出したキーを、妻の手に置きながら、岡野は子どもたちに声をかける。

「じゃあ準備ができたら電話をするから、ママと車で涼んでいて」

帰る、と里沙が鋭い目をした。

「私は子どもと帰る。パパはお友だちとエビでも焼いて」

「待てよ、腹減ってるだろ、せめておにぎりだけでも食べていこうよ」

「いいったらいい」

「俺はどうやって帰ったらいいんだ」

「お友だち、車で来るんでしょ、乗っけてもらって帰ってきてよ。そうしたら私、何か家で軽く用意しておくから。それであなたの顔は立つでしょ。電話してね。さあ、行こう、瑠衣、理人」

しゃがんでいる子どもたちを妻が強引に立ち上がらせたとき、公園の木立の向こうから背の高い男と日焼けをした小柄な男が歩いてきた。

立花と宮川だった。

手を振ると、軽く頭を下げて二人が駆け寄ってきた。立花は水色の麻のシャツにジーンズ、宮川は紺色のポロシャツにコットンパンツを穿《は》いて、頭にサングラスをのせている。

「すみません、道が混んでいて、少し遅れました」

「借りた車のナビの調子も悪くてね、ゴメンゴ、メンゴ」

「競馬がある日は混むんだよ、悪いね、わざわざ来てもらって。あ、こちら家内の里沙です」

里沙がまじまじと立花を見上げたあと、ほつれた髪を耳にかけて頭を下げた。続いて子どもたちを紹介すると、二人とも行儀良く挨拶をした。

シャツの袖をまくりながら、立花がコンロを見た。

「よかった。これからってところですか？」

「これからも何も、火がつかなくて困ってる」

「あれま、でも、コウキさんの得意分野じゃない？」

立花がコンロのなかをのぞいた。

「全然つかないんだよ。炭はいいのを奮発したのに」

「いい炭すぎて、着火しにくい場合もありますしね。でもこれは」

撮影の機材を下に置いてトングをつかむと、立花が炭を動かした。

「もうほとんどついてますよ。あとは空気の通り道を作ってやれば……」

理人が不思議そうに立花を見上げた。帰ろうよ、と瑠衣が里沙に言っている。

「申し訳ないですけど……」

いつになく丁寧な口調で里沙が立花を見た。

「私たちは帰ります。子どもが脱水症状をおこすんじゃないかって、私、心配で」

支度ができたら呼びにいこうかと立花が提案すると、「暑いからね」と宮川がうなずき、駐車場を指差した。

「わかった。じゃあさ、この先……この先にファミレスがあったよね。おじちゃんたちが支度してるから、岡ちゃんファミリーはそこで涼んでるってのはどう？　食うならかき氷がいいよ、あれは溶ければ水だ」

かき氷……と火の様子を見ながら、不思議そうに立花がつぶやいた。

「ファミリーレストランにそんなメニューがあるのかな」

「あるんだな、これが。フラッペってシャレオツな名前で」

軽く里沙があごを上げ、宮川を見た。いきなり現れて、勝手に仕切るな、という表情だ。

「私たちは帰ります」

「えっ、本当に？　帰っちゃうの？　マジで？」

宮川の声に応えず、里沙が子どもをせきたてて、駐車場へ歩いていった。

あわててその背を追い、声をかけた。

「待って、ママ。火は大丈夫だ、あとはもう焼くだけ」

そういう問題じゃない、と里沙が振り返る。

「なんなの、あの人たち。勝手にあれこれ仕切りだして。せっかくのお休みに、なんであの人たちの指図を受けなきゃいけないの？」

「指図なんてしてないだろ」

途方に暮れた思いで言うと、里沙が強い目を向けた。

「家族にサプライズをしたかったって、嘘。真っ赤な嘘。あなた、自分が楽しみたかっただけじゃない。私と子どもをダシにしないで」

そういうわけじゃない、と言いかけて、岡野は黙る。

たしかに楽しみにしていた。立花と宮川が現れるのを。

子どもたちの手を引き、妻が去っていく姿を岡野は眺める。

本当に帰るんですか、と声がした。

振り返ると立花が立っていた。

「家内と子どもはね」

一緒に行ったほうがよくないか、と立花が心配そうな顔になった。

「うまく言えないけど、追いかけた方がいい気がする」

立花が振り返り、バーベキュースタンドを見る。

「荷物、預かりますよ。火の始末をして、とりあえず僕のうちへ持って帰ります。食材は冷凍庫にでも……」

妻と子どもたちの姿が木立の向こうに消えていく。

早く行きなよ、と、立花の口調がくだけた。

「あとで電話をくれればいいから」

「ごめん、立花」

気にするな、という顔で、立花が軽く手を横に振った。


その日の夕方、詫《わ》びの電話を入れると、来週の土曜日、よかったらシェアハウスの庭でバーベキューをするかと立花が言った。

家族で来てくれたら、預かっているバーベキューの装備を使って、そこで撮影をしてくれるという。

妻と子どもたちを誘ったが、その日は子連れでママ友と遊びに行く予定がすでに入っていた。家族写真の撮影をあきらめると電話をして、岡野は土曜日に装備を取りに行く。

バーベキューの装備はきれいに洗われ、シェアハウスの庭に置かれていた。

残念でしたね、と立花が言った。

「ひととおり、全部そろってるのに」

「でも考えてみたら、うちの女房も娘も息子もインドア派で、バーベキューを喜ぶタイプじゃなかったんだよな。俺だって、探検には憧れたけど、実際にはそれほど野外活動をしていたわけでもないし」

わかっていたから、これまで一度もしてこなかったのに。

あの写真の幸せそうな家族の笑顔に心惹かれた。

立花が炭を眺めた。

「じゃあ、一度やってみますか？」

何を？　と聞くと、立花が腕時計を見た。

「そろそろ宮川さんも帰ってくるし、野外活動を。今日はここの住人の女性が帰省していて、いないんです。男ばかりで肉でも焼きますか」

バーベキューは慣れだよ、と立花が笑う。

そうかな、とつられて笑ったら、宮川が庭に顔を出した。

「ただいま。なんだ、庭から声がすると思ったら、岡ちゃんが来てたの。いらっしゃい」

庭でバーベキューをしないかと立花が言うと、嬉しそうに宮川がうなずいた。

「そりゃいいね、暑いのも少しおさまってきたし。岡ちゃん、車？　だったら飲んで食って、今日は泊まっていきなよ。ねえ、コウキさん」

立花がうなずいた。

「では、飲みながら準備しましょうか」

立花に続いて、家のダイニングキッチンに入ると音楽が聞こえてきた。

やさしい女の声で古いジャズが流れている。

宮川が冷蔵庫から発泡酒を出し、渡してくれた。

プリン体カットの発泡酒の話から、話題は子どもの頃に食べた、粉末を湯で溶かして冷蔵庫に入れて作るプリンの話になった。その粉は今も発売されていると話したあと、しみじみと宮川が言った。

「こういうのを年を取るっていうのかね。最近やたらと子どもの頃に食ったものがなつかしくて、今もあるのか調べてしまう。スカイミントとかシャービックとか、インスタントラーメンのマダムヤンとか」

なつかしさにうなずいていたら、後に言葉を続けていた。

「昔のアイドルの動画をネットで見ちゃったり」

それはあるね、と立花がつぶやいた。

「あれ、立花もそうなの？　誰を見てんの？」

「えっ……いいじゃないですか、別に」

「いや、そこは大事よ、コウキさん。まあ、あとでじっくり聞こうじゃないの、酒がまわったころにもう一度」

思わず笑ったら、『ガール・トーク』という曲が始まった。

発泡酒を一口飲み、岡野は歌に耳をすます。

女たちは他愛もない話に花を咲かせると、スピーカーから声がする。

それを聴きながら思う。

話してみたい、他愛ない話を。昔のアイドル、心ときめかせた菓子、テレビ、映画、おもちゃ。ゲームもインターネットもソーシャルネットワークもなかった時代に戻って。

情けない話をしてみよう。女たちが聞いたら、あきれるような馬鹿話を。

飲んで笑って寝て起きたら、また現実に立ち戻っていく。

だから今だけはすべてを忘れ、少年の頃に戻ってみたい。

# テイク・フォー

中目黒にあるファミリーレストランの一角で、ヌードを撮ってほしいと会田健《あいだけん》が切り出すと、目の前にいるカメラマン、立花浩樹《たちばなひろき》が困った顔をした。

立花をはさんで窓際と通路側には、彼の事務所のスタッフが座っている。

窓際にいるメイク担当の瀬戸寛子《せとひろこ》がちらりと立花を見た。通路側では知人でもあり、立花のアシスタントでもある宮川良和《みやがわよしかず》がコーヒーに手をのばしている。

「ヌード、とおっしゃいますと」

立花が言いづらそうに、少し声を低めた。

「裸、ですか？」

「もちろん」

力強く答えて、会田は立花の顔を見る。

初対面だが、初めて会った気がしない。この男とは同年代で、しかも二十代の頃の姿をテレビを通してよく見ていたせいだ。

初めて会った気がしないのは、おそらく立花も同じだろう。

今日は仕事のときにしている黒縁の眼鏡をかけていないが、会田健といえば、五年前までテレビをつければ必ずどこかの局で顔が出ていた芸人だ。

僕は……、と立花が申し訳なさそうに口を開いた。

「すみません、ヌードを撮ったことがなくて。どなたのですか？」

「俺の」

「俺のって、やっぱり健さんの？」

コーヒーを飲んでいた宮川が軽くむせた。

「そう、ありのままで！」

ありのままで、と聞き返した立花に会田はうなずく。

「会田健、職業、芸人。四十六歳、独身。今、ありのままをカメラの前にさらしたく……」

いや、そこはさ、と宮川良和が紙ナプキンで口を押さえた。

「ありのままじゃなくていいと思うのよ。誰が得するの」

「俺、俺だよ、宮さん。コンセプトは『ハダカのアイダ』」

アイダという読み方に『愛だ』をかけ、会田は両手の人差し指と親指でハートを作ってみせる。

宣材ですよね、と立花が聞くと、ヘアメイクの瀬戸がセンザイとは何かとたずねた。

宣伝材料の略で、所属タレントの仕事を獲得するために、芸能事務所が配る宣伝用の写真だと立花が説明すると、再びコーヒーを飲もうとした宮川が今度はこぼした。

「やだな、もう。いきなり健さんが血迷ったこと言うから……俺、ドリンクバーでお代わりを取ってくるけど、みんなどう？」

まだ大丈夫だと立花が答えたとき、会田のスマートフォンが鳴った。

営業をかけていた東海地方のラジオ局の番号が表示されている。すぐに出て、折り返す旨を伝えて会田も席を立つ。

「ごめん、皆さん。俺、ちょっと電話してきていい？」

飲み物のお代わりはいるかと宮川が聞いた。

「いいよ、宮さん。気を遣わないで。じゃあちょこっと失礼」

スマホを手にして、会田は外に出る。かけなおすと、相手は話し中になっていた。

三分待とうと、会田は生け垣にもたれて腕時計を見る。

人気絶頂だった十年前に買ったその時計は、当時二百二十万円だったが、今ではプレミアムが付いて、売れば三百万円近くになるらしい。

こんなことなら……。

秒針の回転を目で追いながら、会田はため息をつく。
五、六本、買っておけばよかった……。
それぐらいの勢いがあった十年前は、五十五歳になったら芸人を引退すると公言していた。

ライバルだとひそかに思っていた芸人は、生涯、現役でいたいと渋く語っていた。それならば自分は鮮やかに引き際を決めようと、対抗心もあり、あちらこちらで言ってしまった。

ところがその発言の前後からしだいに仕事が減っていく。三十代の終わりにはレギュラー番組が一本になり、そして四十歳と六ヶ月目には、その番組が終わってしまった。それからは、たまにナレーションの仕事が入ってくるが、メディアに顔が出る仕事はまったく来ない。

インターネットを見ると、自分は『干された』らしい。

その理由として、プロデューサーの愛人に手を出した、先輩芸人に無礼な振る舞いをした、現場でひどく嫌われていた、すっかり天狗になっていた、体調を崩したなど、さまざまなことが書かれていた。

どれも覚えがないが、深く考えれば思い当たる節がないわけでもない。だけどそれが決定的な理由だとは思えない。

そうした日々が五年近く続いた先月末、こちらで引き際を決めるまでもなく、事務所から契約を切られてしまった。

五十五歳まであと九年。自分はまだ何でもやれるし、やるつもりだから、契約を継続して、どんな仕事でも取ってきてほしい。そう頼んだら、自分から仕事を取りに行こうという意欲はないのかと事務所の社長に言われた。会田の仕事を取るために人手を割《さ》くのなら、若手に力を注いでいきたいそうだ。

仕方なく、新しい事務所を自分で作ることにして、自宅の住所と電話番号を入れた名刺を刷り、旧知の関係者のもとに営業をかねて挨拶《あいさつ》に行った。

ところがかつて一緒に仕事をして、気安く話をしていた年上や同年代の人々は、偉くなって現場を離れたか、閑職に追いやられたか、退職をしており、なかなか会うことができない。

三分が経過した。

腕時計から顔を上げ、会田は再びラジオ局の知人に電話をかける。

担当者は席をはずしているようだ。少々お待ちくださいという声のあと、保留の音楽が流れてきた。

スマホを耳に当てながら、会田はレストランを眺める。

ドリンクバーから宮川が席に戻り、こちらに気付くと軽く手を振った。

宮さん、健さんと、互いに呼び合う仲の宮川は、昨年までテレビ番組などの映像の制作会社で現場にいた人物だ。色っぽい深夜番組の制作を担当していて、その番組が打ち切られたあとしばらくして会社を辞め、しばらく音信不通だった。

それが二ヶ月前、中目黒で写真家のアシスタントをしているという挨拶状と、撮影料金を掲載したパンフレットが自宅に送られてきた。手紙の最後には、現在キャンペーン中なので、宣材など各種写真が必要なときは気軽にお問い合わせをという追伸があった。

電話の保留音が終わり、声がした。

担当者が見当たらないので、こちらからかけなおすという。

そう言われても、電話がかかってこないことが最近多い。おそらく先ほどかかってきた電話はあまり良い内容ではないのだろう。

仕方なく店に戻ると、今度はヘアメイクの瀬戸がいない。瀬戸が営んでいる美容サロンのことで電話が入ったのだという。

佐山さんがいらっしゃるそうですよ、と立花が宮川に言っている。

「へえ、彼女がサロンに来るの？　挨拶したいな」

その美容サロンってさ、と会田は宮川に話しかける。

「話に割り込んで悪いんだけど、男もありなの？　俺もお肌のお手入れしたいよ、撮影前に」

「ありだと思うけど、それは瀬戸ちゃん本人に聞いてみないとなあ」

「すぐに戻ってくると思うので、もう少しお待ちいただけますか」

ＯＫと答えて、会田はコーヒーを飲む。なんとなく間が持たない気分でいると、同じように感じたのか、立花がテーブルに置いた会田の名刺を手にした。

「会田さんの事務所の名前は、『テイク・フォー』というのですか」

「そうだけど」

ジャズの『テイク・ファイブ』から来ているのかと立花がたずねた。

「あ、それはね、ちょっとだけ意識した」

「あれは五拍子って意味でしたっけ。……ということはテイク・フォーで四拍子？」

四拍子、と宮川が首をかしげた。

「ねえ、コウキさん。もう一つ意味があるって、岡ちゃんがこの間来たとき言ってなかったっけ。ちょっと一服とか、五分休憩とか、そっち方面の意味」

なるほど、と立花が深々とうなずく。

「五分も休んでいられない……四分でOK。格好良い名前ですね」

いやいや、と会田は顔の前で手を横に振る。

「深読みしすぎ。そんなカッコイイものじゃないから。単純に俺の本名。英語のテイクをローマ字読みすると」

二人が黙った。頭のなかに「TAKE」という文字を浮かべているようだ。

タケ……と立花が言った。

「フォーって数字は二つ言い方があるじゃん、日本語で」

ヨンとシ、と宮川がつぶやいた。

「タケ、シー、おっ、タケシだ」

「俺の本名、漢字は同じで、アイダ・タケシっていうんだよ」

ちょっと、健さん、と宮川が身を乗り出した。

「会社を辞めたから、これからはタメ口《ぐち》で話せって俺に言ってくれたよね」

「うん、言った。宮さんと俺、実はそんなに年、かわらないんだよね」

「じゃあ言うけどさ、あんた駄目でしょ、シャレで事務所の名前をつけたら」

「だけど宮さんトコのナカメシェアハウスだって似たり寄ったりじゃないの？　これ、建物名でしょ、事務所名じゃないよ」

「だってこれはさ、なんというか、なんちゅうの？　便宜上っていうか……。何、コウキさん、笑ってんのよ。瀬戸っちまで」

振り向くと、スマホを手にした瀬戸が通路で微笑《ほほえ》んでいた。

宮川と立花が席をずれて、瀬戸が通路側に座る。

お待たせしました、と瀬戸が軽く頭を下げた。

「それにしても、びっくりしちゃった。ちらっと聞こえてきた声がまるでテレビの音みたいで。会田さんのトーク番組、すごく好きだったんです」

礼を言いながらも、「好きだった」という過去形がひっかかる。自分はもう、すっかり過去の人になっているみたいだ。

撮影の話をしましょうか、と立花が言った。

穏やかなその声に惹かれ、顔を上げると目が合った。

その眼差しに、心の内を見透かされたような気がした。

宣伝材料として、まずスーツ姿を撮ってほしいと伝えると、三人が安心したような顔をした。

なんだよ、驚いた、と宮川が笑った。

「ちゃんとしたの、撮るんじゃない」

「撮るよ、もちろん。で、あともう一パターン、派手めな衣装を着たやつも。二つともスタジオで」

スタジオですね、と立花がノートを広げて、四色ペンでメモを取り始めた。

「だけどヌードは外で」

外で？　と宮川が聞き返した。

「やっぱ、それも撮るの？」

「そう、野外がいい。自然に脱げるシチュエーションで裸体をさらしたいのよ」

「その写真を各方面に配るわけ？」

「いや、そっちはウェブでの露出」

野外、裸体、露出、とノートに書いたあと、立花が顔を上げた。

「なんだか……変態じみてはいませんか」

「あんたのメモの取り方が変なんでしょ！　なんなの、宮さん、この人は」

「気にしないで。コウキさん、こういう人だから」

「こういう人だからって、自分がちょっとイケメンだからって、ひどくね？」

イケメンかどうかはわかりませんが、と思慮深げな声がした。

「でも……ですよ。ウェブ、つまりインターネットというのは、全世界に発信するわけですよね」

「ワールド・ワイド・ウェブだからね」

なるほど、と立花がWをノートに三つ書いた。

「WWWとは、そういう意味でしたか。つまり会田さんは、世界に、広く、ウェブ上で、ご自身の裸を発信したいと」

「そんな言い方しないでよ、無駄にいい声で。裸って言っても露出は上半身だけだって」

当たり前だよ、と宮川があきれた顔をした。

「全部出されたら俺たち、困っちゃうよ。嫁入り前のレディもいるんだし。なんで脱ぎたいの？」

「そこよ。それ聞いて」

仕事がなくて暇だった間、身体《からだ》作りをしてきた話を会田は語る。

最初は運動不足解消にスポーツジムで走っていたのだが、試しにトレーナーについて筋肉トレーニングを続けてみたら、身体が少しずつ変わってきた。

やがて食事や姿勢が気になりだし、体幹を鍛えたり、一つひとつの筋肉を意識しながら鍛えているうちに、腹筋が割れ、胸板が厚くなってきた。

一人きりで仕事を始めるとなった今、これまでとは違う自分を見せるとしたら、このボディかもしれない。

いわば裸一貫のスタートなんだよぉ、と語尾を強調して会田は言葉を切る。笑いを誘ったつもりなのだが、皆、真面目な顔で聞いている。

そのせいか、なりふり構わぬといった悲愴《ひそうかん》感が漂ってきた。あわてて空気を変えようと、会田は自分で笑ってみせる。

「ほら、この間、中年のイケメンがドラマで脱いで、話題になったじゃない。でもイケメンじゃ遠い存在でしょ。それがさ、ごく普通の、俺みたいなオッチャンでも、鍛えたらイイ感じのボディになりますよ、ってのは、腹が出てきてお悩みの世代に夢と希望を与えるんじゃないかと……何、この薄い反応は？」

宮川が不審そうな目で見た。

「たしかに前より分厚くなった気がするけど、それは太ったんじゃなくて鍛えたんだ」

「そうだよ。でも今はやりの細マッチョだから、脱がなきゃわかってもらえないわけ。一応ね、自分で撮ってフェイスブックに載せようとしたんだけど、変なのよ。突然、自撮りで裸を出すのって、自分に酔ってるようで」

ペンを動かしていた立花が手を止めた。

「つまり、会田さんはロケで、ごく自然な状況で、鍛えた身体を撮影したいということですね。海や川などで」

「そう、ブログに書こうかと。仲間と一緒に川に行きましたって。で、水際あたりで、自然にさりげなく身体の露出を」

四色ペンの赤をペン先に出すと、仲間、川、さりげなくと黒字で書いた箇所に立花が赤丸を付けた。

「そうしたらさ、宮さんがツイッターで、会田健のブログを見たら、筋肉がすごーい、俺も鍛えちゃお、なんてツイートして」

「そんなことまで織り込んでるの？」

そう、とうなずいたら、ヘアメイクの瀬戸がくすっと笑った。

濃いアイラインと長い睫毛《まつげ》で気が強そうに見えるが、笑うと白い歯がこぼれて可愛らしい。

「お姉さん、ええっと瀬戸さんだっけ。瀬戸さんもさ、会田健、超イケテル、なんてツイートしてくれて。で、サイトの閲覧者が増えて。そのうち、会田健が素敵マッチョになっている、中年からでも肉体改造はできるなんて話で、出版社からオファーが」

なるほど、と立花が再びペンを取り、出版社からのオファーと書いた。

「たしかにそういう意味ではいい宣伝材料ですね。本の原稿はあるんですか」

「ない。だけどタイトルは決めてる。四十代からのメイク・ラブ・ボディ」

承知しました、と立花がペンを置いた。

「ではその……ボディですけど」

「あ、じゃあここで腹だけ見せるわ」

「いえ、別にここで見せなくても」

あたりを素早く見回し、人がいないのを確認してから、「ほら」と会田はシャツを軽くめくる。

割れた腹筋に驚嘆の声が上がると思った。しかし場は静かなままだ。

宮川が軽く首をかしげ、立花もコメントに困るという表情をしている。

「何、正直に言ってよ。どう、女性目線としては、瀬戸さん」

ええ？　と聞くなと言いたげな顔に瀬戸がなっている。

「白い……白すぎ？　男の人のなまっちろい筋肉って、ちょっと」

「なんだか妙に生々しいよ、健さん」

少し焼きますか、と立花が言い、日焼けサロンに何日ほど通えば、良い色になるのかと瀬戸にたずねた。

「あ、俺、日焼けはダメダメ、肌が弱いから」

では何か塗りますか、と立花が瀬戸に意見を求めた。宮川の話ではこの三人で仕事を始めたのは、最近のことらしいのだが、とても息が合っている。

「会田さんに塗る何かいいものはありますか？　日焼けしているように見えるクリームとか」

そういうクリームはあると答えたあと、瀬戸が心配そうに言った。

「でもブログでしょ。普段は色白なのに、その日だけ突然、顔と身体がこんがり日焼けしているってのは」

そうか、と立花がクリームと書いた字に×印をつけた。

「では、肌色の問題はあとで考えるとして。いつ頃がよいですか？　僕ら東京近郊なら、どこへでもうかがうので、会田さんとご友人のご都合のよい日をいくつかあげてもらえれば」

「ご友人……ご友人？」

仲間と川に遊びに行ったという設定で写真を撮りたいと言ったことを思い出し、会田は口ごもる。

海や川に一緒に遊びに行く友人などいない。仕事絡みの知人や、昔いた事務所の後輩たちからは、あからさまに避けられている。

『テイク・フォー』という事務所を立ち上げたものの、仕事の当てはない。今さらながら、自分は一人になったのだと実感した。

その一週間後、スタジオで撮影をしたあと、実はロケに付き合ってくれる仲間がいないのだと、会田は立花に打ち明けた。

それなら自分が背景に写り込むから、奥多摩《おくたま》か高尾山《たかおさん》へ撮影に行こうかと宮川が提案すると、立花がスケジュール帳をめくり始めた。そして大学時代の友人と宮川と三人で、長野の湖へカヌーの講習を受けに行く予定があるが、そこに合流するかと誘ってくれた。

友人が承知してくれるのなら、そこへ加わってもよいという。

立花の友人が快く了承してくれたので、二週間後の土曜の早朝、中目黒にある立花たちの事務所、ナカメシェアハウスへ会田は自転車で向かう。

ヘアメイクの瀬戸に肌や髪を整えてもらったあと、宮川がレンタルしたワゴン車に乗り込んだ。立花の友人は東京の郊外に住んでおり、カヌーの講習地である長野県の湖へは直接自分の車で向かうという。

中央高速道路はすいており、車は順調に進む。調布《ちょうふ》インターを越えるまでは運転席の宮川や助手席にいる立花と話をしていたのだが、稲城《いなぎ》インターが近づくにつれ、眠気が襲ってきた。

最近、夜、ベッドに入ってもあまり眠れない。寝返りだけを何度も打ち続けていると、この先、生きていくのが不安になってくる。不安になると、ますます目が冴えて、いろいろなことを考える。

そのたびに自分に言い聞かせる。

男一人、どうとでもなる。幸いなことにマンションなどのローンはない。当面の暮らしは蓄えを取り崩せばすぐに食うに困ることもない。妻子がいない分、自分は身軽で気楽なはずだ。

しかし、だからこそ途方に暮れる。相談する相手も、守るべきものもない。友人もいなければ、仕事仲間も消えていった。

考えがそこに至ると、このままベッドで死んだとしても誰にも見つけてもらえないという思いが浮かぶ。浮かぶと同時に、それがどうしたと反発する自分もいる。

死んだあとのことなど知ったことか。そしてまた、自分に言い聞かせる。

男一人、どうとでもなる、と。

仕事があったときは、こんな堂々巡りをしなかった。今、思えばインターネットで発言が叩《たた》かれたり、ブログが炎上したりしたことも、そこまでの情熱をかけて誰かに反応してもらえたことがなつかしい。

結局、仕事がすべてだったのに。

それが無くなったら、どう生きていったらいいのかわからない。

「健さん、健さん」

揺り動かされて、会田は薄目を開ける。

「大丈夫、健さん？」

後部座席で横になっていたことに気付いて、会田は大きく目を開ける。

心配そうな顔で宮川がのぞきこんでいた。

「ごめん……寝てた」

「倒れてるのかと思った。声かけても全然、起きないから」

本当、ごめん、と言いながら、会田は起き上がる。

開け放した車のドアから清涼な空気が流れ込んできた。

「今、どこ？」

もう着いたよ、と宮川が言った。

「マジで？　もう着いたの？」

立花の友人はすでに到着していた。立花は彼とともに講習の手続きと撮影の準備に向かったそうだ。

ワゴン車から出て、会田は宮川とともに講習の受付がある建物に向かう。手続きを終えて、カヌーやカヤックがつながれている桟橋《さんばし》に向かうと、立花が友人らしき男と話をしていた。

太い眉毛が印象的な小太りの男で、足元には黄色いライフジャケットをつけた茶色の毛の子犬が座っている。

友人が立花にビデオカメラを渡していた。

立花がそのカメラを構え、友人と犬にレンズを向けている。

おーい、と宮川が二人に声をかけた。

「岡ちゃん、コウキさん、おまた！　健さん、連れてきたよ」

岡ちゃんと呼ばれた男が軽く頭を下げた。そして顔を上げると、確認を求めるように立花を見た。トレードマークの眼鏡をかけていないので、会田健だとわからないようだ。

どうも！　と声をかけると、「おお」と反応が戻ってきた。

「声を聞いたらわかった。たしかに会田健さんだ。普段はコンタクトなんですか？」

「実はね、あの眼鏡、度が入っていなくて。俺、顔の印象が薄いもんでね。眼鏡は仕事のときだけ。でもそのおかげでプライベートのときは気付かれないんで重宝してる」

「でも声でわかるでしょう」

「いや、それが意外に大丈夫」

そうですか、と男が微笑むと、立花が大学時代の同級生だと紹介した。

男は岡野健一《おかのけんいち》と名乗り、今年の夏から立花を先生にして、ナカメシェアハウスでバーベキューをしたり、燻製《くんせい》を作ってみたりして、『野外活動』を始めたのだと笑った。

「それで今回はカヌーを？」

インタビューを受けているかのように、「そうです」と岡野がうなずいた。

「本当は子どもたちとも一緒にやってみたいんですが、うちの子、アウトドアはまったく興味なくて。この夏も野外でバーベキューをしたら、大ブーイング」

暑い日だったからね、となぐさめるように立花が言った。

「それで、まずは子どもたちに興味を持ってもらおうと思って、ビデオを撮ろうかと……。そこにペットが出ていたら、一緒に見てくれるんじゃないかと思って連れてきました」

撮影に差し支えない範囲で、立花や宮川に動画を撮ってもらってもいいかと岡野がたずねた。

「もちろん、俺のほうがお邪魔してるんだから、どうぞ」

ありがとうございます、と岡野が子犬を抱き上げた。

「で、そのワンちゃんの名前は？」

「あずきっていうんです」

「あずきって名前はどこから来たの？」

豆柴《まめしば》と呼ばれる小型の柴犬《しばけん》だからと岡野が答えた。将来は一緒にカヌーに乗って川下りをするのが夢だという。

「豆柴だから、小さい豆で〝あずき〟ね。可愛い名前だな。ＯＫ、もう一回聞こう。岡野さん、今日は岡ちゃんと呼ばせてもらうけど、その犬、何犬《なにけん》？」

柴犬、と岡野が答えた。

すかさず黒縁の眼鏡をかけて仕事の顔を作り、会田は親指で自分を指差す。

「シバケン、ミー、アイダケン！　よろしくぅ」

岡野があっけにとられた顔をした。

ビールのハイネケンを持ち、『ハイネケン、ミー、アイダケン』と言うギャグは、十五年前、子どもたちの間で大流行した会田の持ちネタだ。

一瞬、場が静まったのち、「ごめん」と宮川が言った。

「健さん、突然すぎて心の準備ができてなかった」

「すみません、素人《しろうと》なもので。せっかくのギャグに反応できなくて」

「僕は撮影していたもので、笑うわけにはいかず……」

「いいんです……いいんです、お気になさらず。今日はどうぞよろしくお願いします」

眼鏡をはずして、会田は頭を下げる。絶妙のタイミングで放ったはずのギャグにまったく反応がないのも寂しいが、あやまられると、寂しさを突きぬけて悲しい。

会田さん、と立花の声がした。話の方向を変えようとしているような、明るい響きだ。

「眼鏡はそのままで。光の具合もいいですし、さっそく撮りましょう」

撮影なんだ、と岡野が嬉しそうに笑った。

「すごいな、タレントさんの撮影現場なんて初めて見る。よかったら、うちのあずきも使ってください」

とりあえず、と立花が桟橋の先を指差した。

「仲間と湖に遊びに来たって雰囲気で一枚。あの先、ビニールテープで印をつけたところに宮川さんと立ってください。岡野君、もしよかったら、あずきと一緒に入ってくれる？」

「俺も入っていいの？　素人だよ、会田さん的にはＯＫなの？」

「入って、入って、ぜひぜひお願いします」

宮川と岡野とあずきを交えて、撮影が始まった。すると建物から青年が出てきて、桟橋を走ってくる。

撮影許可がいるのかな、と宮川がつぶやいた。

立花がカメラを下ろして、青年に顔を向けている。

「あの、もし間違っていたら、ゴメンナサイなんですけど」

風に乗って、青年の声が聞こえてきた。

「あの……ひょっとして、お客さんはタチバナ・コウキさん、ですよね」

立花がうなずくと、青年が嬉しそうな顔をした。

「受付で顔と名前を見て、あれれと思って。即、ネットで検索したら、最近、復活したって……またどこかへ行くんですか？　今日はその関係で？」

友人と遊びに来たのだと立花が答えた。しばらく何もやっていないので、午前中は友人たちとカヤックの講習を受け、午後はカヌーをレンタルして練習するつもりだと答えている。

「マジで？　マジっすか？　僕、子どもの頃、親が持ってたコウキさんのビデオを見て、カヌーを始めたんですよ。あのう、写真、一緒にいいですか」

スマートフォンを出した青年が操作をしながら、自分のフェイスブックに載せてもいいかと聞いている。

そうしたところに載せられるのはちょっと、と立花が答えている。

宮川が、かぶっていた帽子を取って軽く髪を整えると、立花と青年に近づいていった。岡野とともに会田はそのあとに続く。

どうしてですか、と青年が詰めよっている。

どうしてと言われても、と立花が口ごもった。

「僕はもう別の名前で仕事をしているので、タチバナ・コウキとして紹介されても……」

「じゃあ、元タチバナ・コウキってのでは？」

宮川が青年の前に出て、名刺を差し出した。

「お話し中、すみません。立花の事務所のものですが」

「え？　事務所？　事務所、入ってたんだ、すげえ。やっぱ、またテレビに出るんですか」

写真事務所なんです、と宮川が言葉を重ねた。しかし青年は憧れとも物珍しさともつかぬ目で、立花を見ている。

その目を見たら、ライバル意識が頭をもたげてきた。

ひょっとして……過去の人、それも大昔の人に負けている？

干されたとはいえ、会田健はまだまだ現役だ。

軽く咳払いをすると、青年と目が合った。その顔に向かって、眼鏡をかけたまま、会田は微笑む。

「あっ、会田健。今度は会田健と一緒に秘境に行くんですか、タチバナさん？」

そうした活動はしていないと立花が答えている。

まったく青年の眼中に入ってないことがわかり、会田は眼鏡をはずしてポケットに入れた。

気のせいだろうか。湖上を渡る風がひどく冷たい。


インストラクターによるカヤックの二時間の講習を終えた後、近くの蕎麦屋で軽く食事を取ると、会田は立花たちと湖に戻った。

午後からは立花だけが艇《てい》を大型のカヌーに替えて、撮影道具などの荷物を積み、あとの三人は小さなカヤックで水面《みなも》に出る予定だ。

目的地は湖にある小さな島で、そこでも撮影をするそうだ。午前中に習ったことを確認しながら、会田は無心にカヤックのパドルを動かす。

三十分近くかけて島に上陸したら、達成感がこみあげてきた。やわらかな草地に身体を投げ出し、会田は空を見上げる。かたわらを見ると、立花がアウトドア用のコンロとパーコレーターを出してコーヒーを沸かしていた。

　パーコレーターでコーヒーを沸かすのは、立花が出演していた冒険番組のなかで頻繁に出てきたシーンだ。あずきをはさんで、レジャーシートに座っている宮川と岡野がその話をしている。

　泥のようなコーヒーだと喜ぶ岡野に、宮川がチッチッチ、と舌を鳴らして、人差し指を振った。

「岡ちゃん違う、違う。ネイチャリング用語では、泥と来たら、泥のように眠る、だよ」

　そうだそうだ、と岡野が楽しそうにうなずいている。

「コーヒーはなんだっけ」

「コーヒーときたら、舌を焼くような熱いコーヒー」

「ネイチャリング用語って何？」

　草地から身を起こして立ち上がり、会田は宮川の隣に座る。

　立花が出ていた番組のナレーションには、枕詞《まくらことば》のように毎回使われる決まり文句があったのだと岡野が説明した。

「ああ、思い出した。トゥ　ビー……コンティニュードみたいなやつ？」

　それですよ、と岡野がなつかしそうな目をした。

「他にもいろいろ。たとえば朝食といえば……、あれ？　なんだっけ、おーい立花」

コーヒーを紙コップに注いでいた立花が小声で言った。

「朝食はいつもと同じ固いパン。厚切りハムと豆のスープ、食後に舌を焼くような熱いコーヒー」

そうそう、それ、と岡野が立花からコーヒーを受け取った。

「食後に舌を焼くようなコーヒー。俺、実はやってみたかったんだよ、カヌー漕いだり、こうやってコーヒーを飲んだりするの」

立花から紙コップを受け取り、噂のそのコーヒーを飲んでみる。

ドリップ式のものとは別の味だと立花が説明し、口に合わないかもしれないと控えめに言い添えた。しかし水と風を相手にしたあとの身体に、熱い飲み物はその熱だけでたいそう美味だ。

コーヒーの香りを味わうようにして、宮川が紙コップを両手で持った。

「俺ね、さっき割って入ったけど、桟橋であの若い子が舞い上がった気持ち、わかるなあ。コウキさんを見て、アウトドアを始めようって思った奴、いっぱいいると思うもん」

「俺と宮川さん、コーヒーだけでこんなに舞い上がってるもんね。立花……お前、写真ぐらい一緒に撮ってやればよかったのに。あの子はきっとお前のことを悪くは書かないよ」

「ネットは苦手だよ」

「気持ちはわかるけどさ、悪意のあること書かれても、心ある人はそれを鵜呑《うの》みにしないよ。ああいう対応したら、かえって悪く書かれるかもしれないぜ」

どうでもいいよ、と立花がコーヒーを飲み干し、片付け始めた。

どうでもいいなんてことないよ、と宮川が立花を見やった。

「俺、ときたま思うんだけど、コウキさん、そんなに昔のこと否定しなくてもいいんじゃないかな。なんだかんだ言っても、あのシリーズは様式美っちゅうの？　作ってる人たちのこだわりみたいなもんがビシバシ感じられて、すごくよかったよ。そのど真ん中にいたコウキさんが、そんなにいやがってるのを見てるとさ、あのとき夢中になった自分たちも否定されているみたいで、少し悲しいよ。勝手な言い草だけど」

荷物をまとめた立花が立ち上がり、艇にはこんでいった。この湖にはもう一つ小島があり、そこには小さな滝があるのだという。コーヒーを飲み終えたら、今度はそこへ向かおうと声がした。

コウキさん、と宮川が呼びかけた。

「受け流すなよ。俺が言ったことで腹が立ったなら、ちゃんとそう言ってよ。俺はこういうたちだから、思ったことなんでも言うけどさ、コウキさん、いつもそうやって黙って我慢するじゃない」

さっきだってさ、と宮川が桟橋の方角に目をやった。

「一人で対応しないで、すぐに俺を呼んでくれればいいのに。本人だとカドがたつけど、事務所の人間が間に入れば、コウキさん本人のイメージは悪くならないわけでさ。何かおきたら、うちのマネージャーが馬鹿でしたって、切ればいいだけなんだし」

「わかりました」

荷物を艇に積みこんでいる立花が、背を向けたままで言った。

わかってないね、と宮川が言い放つ。

「コウキさん、黙ってるのがまずいと思って、適当に返事をするのはよしなよ」

適当じゃない、と立花が振り返った。

「でも、何がわかるっていうんですか」

「すべてはわからないけど、わかりたいって思ってるよ。少なくとも瀬戸っちやコウキさんのギャラから二割、取り分をもらっているぐらいは」

まあまあ、と会田は声をかける。

「熱くならずに。なんか、俺、うらやましくなってきた……。宮さん、俺のマネジメントもして。俺もナカメシェアハウスに入れてよ」

え？　と宮川があきれた顔をした。

「健さん、テイク・フォーはどうするの？」

「いいよ、別に。ダジャレ事務所だから」

「じゃあ、うちのあずきも。犬タレントはいらん？」

岡野が空気を和らげようとしているのを察したのか、宮川が小さく笑った。

そろそろ行きましょうか、と立花が腕時計を見る。

「立花、俺、ちょっとくたびれてきた」

岡野が腕をぶらぶらと振り、あずきと待っていると笑った。それを聞いた宮川も残ると言っている。

「俺、もう手足がパンパン。岡ちゃんとあずきの様子をビデオに撮ってるよ」

そうですか、と立花が言うと、水辺に向かっていった。

「行きますよ、会田さん」

「あのう、俺も、ちょっと一服、テイク・ファイブ」

「五分も休んではいられません」

立花が空を見上げた。

「光が黄色くなる前に撮ってしまいたい」

「え？　撮影もあり？」

「もちろんです。まだ肝心のものが撮れていません」

早く乗れと言うように、立花がカヤックの横に立っている。

カヤックに会田がきちんと乗り込んだことを確認して、水面に押し出すと、立花が大きなカヌーに乗って湖へ漕ぎ出した。

鮮やかにパドルをあやつり、立花が自在に湖面を行く。

その背に一瞬、見とれたとき、さっきの青年が立花と写真を撮りたがった気持ちがわかった。


立花の指示通り、必死に漕ぎ続けていたら、湖の中心あたりに出ていた。

ここからはゆっくり行きましょうか、と立花が艇を隣に並べる。

湖面を吹く風が少し向きを変え、頬に当たる感触が柔らかくなった。

あたりを見回す余裕が出てきて、会田は隣の艇に目を向ける。立花が振り返り、宮川と岡野を残した小島を見た。しかしすぐに前を向いた。

「結構、遠くなったね」

「いいペースです」

「だてに鍛えてないでしょ？」

そうですね、と立花が微笑んだ。

「俺も今度はそっちの大きいやつに乗りたいな」

「もう少し修業を積んでください」

容赦ないね、と言ったら、「仕方がありません」と立花が答えた。

「野外での活動を甘く見ると、怪我をします」

そうだね、と返事をしたら、立花が黙った。

立花が自分の艇を前に進めた。水音がやさしく耳に響く。

あのさ、と言ったら、「はい」と声がした。

「宮川さんは熱いけど、悪い人じゃないから。あの人、馬鹿を求められるときは、馬鹿になれるし。前に出るべきときはきっちり前に出るし。誰かを守ろうとしたら、平気で泥をかぶる人だから」

しばらく黙ったのち、「わかっています」と立花が答えた。

「黙ってるのがまずいと思って、今、適当に返事した？」

「今はそうじゃないです」

「今は、ってことは、さっきはそうってこと？」

立花が笑った気配がした。

水を優雅に一掻きして、立花が手を休めた。その間にパドルで水を掻いていくと立花のカヌーの隣に並んだ。

「宮川さんは……誰かの泥をかぶって会社を辞めたんですか？」

「そういう噂も聞いたけど。でも結局は俺とおんなじ理由じゃないかと思うよ」

「同じ理由とは？」

立花が首を横に振り、再び水を掻き始めた。

「いや、いいです。せっかく自然のなかにいるんですから、今日はそういうことは忘れましょう」

「逆に自然のなかにいるから、こういうこと話せるのかもしれないけどね」

自分は今、地球の表面にある大きな水たまりにぽっかりと浮かんでいる。

そんなふうに感じたら、心の内を素直に話してみたくなった。

「俺も宮川さんも、理由はたぶんギャラだよ」

「ギャラ？　給料という意味ですか？」

「そう。ほら、俺なんか結構、ギャラが高いわけ。自分で言うのも何だけど。でも俺だけじゃなく、これぐらいの年になると、みんな、それなりの給料もらうわけじゃん。少なくとも会社入ったばかりのペーペーとは違うだろ」

「そうなんでしょうね。詳しくは知りませんが」

「一度上がったギャラは下げるにしても、下げ幅ってモンがある。立花さんだって今、キャンペーン中ってことで料金を安く設定しているけど、それだって損はしない程度の下げ幅でしょ」

そうでもない、と声がした。

「持ち出し分も多いです。だけど僕の場合はデジタルにまだ慣れてないんで」

「それって、いつ慣れるの？」

立花は黙り、代わりに水音だけが響いた。その水音を聞きながら会田もパドルを動かす。

「まあ、それはちょっと横に置いといて。会社はさ、経営が危うくなったときに、来月からお前らの給料を半額にするとは言えないじゃない」

そうですね、と立花がうなずき、大きくパドルを動かした。

「で、どうするか。半額にできない代わりに、高いギャラを取っている奴らの肩たたきを始める、あらゆる手で」

「ギャラに見合うだけの力があっても？」

「関係ないよ。昔、ニュース番組の司会をしてたとき、そういうリストラ話を取り上げてた」

「力のある人たちが去ったら、会社は空洞化しないんだろうか」

「そこまでは考えてないんじゃない？」

契約を解除した事務所の社長の顔を会田は思い浮かべる。

「あるいは空洞化しない程度に人を切るか。でも切られたほうは、たまんないよな……どこへ行けばいいんだ？」

とりあえず、と控えめな声がして、立花が前方を指差した。

「今はあの桟橋です」

黙ったまま会田は艇を進める。

すみません、と立花が並んで艇を進め、小声で言った。

「茶化したわけではないんです。すみません、僕は話があまり得意ではなくて。一時期、いろいろなところで取り上げていただいたけど、テレビには本当に向いていなかった」

「誰も流暢《りゅうちょう》なトークを期待していなかったと思うけど……。タチバナ・コウキは黙って、そこにいるだけでいいって、みんな言ってたよ」

ずっとそう言われた、と立花が苦笑した。

「つまり、見てくれだけということでしょう」

「そういう意味かなあ」

そこにいるだけでいいというのは、ほめ言葉のような気がする。ただ過酷な状況であろうロケ現場ではどんな意味合いで言われていたのかわからない。

「お前は見てくれだけだと言われるのは、結構つらい。でもそう言うと、今度は贅沢だって言われる」

「イケメンが贅沢なことを言いやがって、ってね」

当時はその言葉はなかった、と立花が笑った。

「でもイケメンというなら、本職の俳優やモデルたちは桁《けた》違いにイケメンです。僕みたいな素人とはまったく違う。作り手のこだわりが感じられたと宮川さんは言ってたけれど、僕はあのなかで作り手たちが言う通りに山へ登ったり、川を下ったりしただけで」

「でもさ、あの番組のほかにも、雑誌におしゃれなエッセイとか書いてたじゃない？　昔、床屋で読んだことあるよ」

「専属のライターがいたんです。僕も少しは書いていたけど」

「そんなこと言っていいの？」

「初めて人に言いました、母以外の人に。タチバナ・コウキは登山靴も履けば、グッチも素足で履きこなす。コンクリートジャングルもオフロードもしなやかに駆け抜ける冒険者。言われたとおりに努力しましたけど、無理です。そんな要素を求められても、本来の僕にはないんです」

「そんな立ち位置だったんだ。いかにもバブル。よく頑張ったね」

「若かったから。でも……あれは虚像、幻です。その道のプロたちが集まって作ったタチバナ・コウキというキャラクターに、僕は身体を貸しただけ」

「撮影は？　秘境の写真集、あれはどうしてたの？」

それは自分が撮っていた、と立花が答えた。もともと写真は撮っていたが、番組への出演が決まった時点からその道の第一人者が指導をして、オフのときには彼のアシスタントをしていたのだという。

そういうことか、と会田は心のうちでうなずく。

先日、スタジオで撮影した宣材の写真は、たいそう好印象に写っており、予想を上回る出来映えだった。

ただ、撮影方法が今は昔と全然違うと立花が言った。

「そんなに違うの？」

「ものすごくってわけじゃないですけど、フィルムで撮っていた時代とは違います」

「最近のデジカメはすごいから、素人でもそれなりに撮れちゃうしね」

そうですね、と立花が苦笑する気配がした。

「そこであえてカメラマンに撮影を頼むということは、付加価値って言うんでしょうか、写真に何かプラスアルファの要素が付けられたらいいのかと考えたりもして」

「プラスアルファって？」

「たとえばこうしたアウトドアで何かできないかとか……」

邪道かな、と立花がつぶやく。

「積み上げてきたものがない分、今の自分にできることをいろいろ考えてみるんですけど、やっぱり十数年のブランクは大きいです」

「それなのに、なんでまた写真を始めたわけ？」

立花は黙って、パドルを動かした。

小気味良くリズムを刻んでいた水音が少し乱れて、ゆるやかになっている。

「やっぱり……この仕事が好きだから」

「それだけ?」

そう聞いたものの、同じ質問をされたら、おそらく自分も似たような返事をする。

立花が少し視線を下げ、何度か水を掻いた。

ワイルドカード、という言葉が聞こえてきた。

「ワイルドカード? 大リーグのあれ?」

「そうです……人生にも、敗者復活戦みたいなものがあったらいいなと思って。でも……」

水音が再び乱れのないリズムに戻った。

「ワイルドカードとして挑戦できるのは、それまでに高い実績をあげてきたチームなわけで。まったくの敗者がゼロから復活するわけではない。最近そう思ったりもします」

桟橋が近づいてきた。桟橋の向こうには、白樺《しらかば》の林が広がっている。

先に行くと言って、立花がカヌーを進ませた。

桟橋に会田のカヤックが近づく様子を撮ってくれるのだという。

優雅にすら見える後ろ姿を見ながら、ワイルドカードという言葉を会田は嚙《か》みしめる。

最近、干されたことすら話題にのぼらなくなってきた。再挑戦をかけるのなら、身体が完璧に仕上がった今だ。そしておそらくこれが自分の挑戦にとって、最後のカードになる。

桟橋から小島に上がると、白樺の木立の向こうから鳥の声が響いてきた。黄色く色づき始めた葉に秋の気配を感じて、会田はゆっくりと歩く。あたりは静かで、滝がある気配はない。しかし立花は迷いのない足取りで進んでいく。しばらく歩くと、かすかに水が落ちる音が聞こえてきた。

前を行く立花が道をはずれて、草をかきわけていく。そのあとに続くと、三メートルほどの高さから水が落ちている場所があった。

「立花さん、滝ってこれ？」

「厳密に言うと、沢かもしれません」

背負っていた荷物から三脚を出し、立花がカメラを設置している。

それを終えると、バックパックから手桶《ておけ》と霧吹きを出し、桶に水を満たした。

「さて、脱いでください」

「ここで？」

「そうです。薄いＴシャツのご用意は？」

「着てきたよ。とにかく薄いやつって言われたから、パジャマにしてるのを着てきたけど……寒っ！」

Tシャツ一枚になると、空気の冷たさが肌にしみてきた。立花がTシャツの裾に手を伸ばし、生地の内側に入れた。

薄手の布ごしに、立花の手が透けて見える。

「OKです。一応、僕も持ってきましたけど、普段、着ているもののほうがいいでしょう」

いろいろ考えたんですが、と立花が手桶の前にかがみこみ、霧吹きに水を満たす。

「いきなりの露出ではなく、布ごしに身体が透けて見えるぐらいがいいかもしれないと思いました。それだと色白の問題も解決します」

「そうかな?」

「ちょっと冷たいですよ」

立花が霧吹きで背中に水をかけてきた。水鉄砲のような水の勢いに会田は悲鳴を上げる。

「うわ、冷たい、ちょっと待って、シッコちびりそう」

「我慢してください」

へそから脇腹にかけて、水がかけられた。水のような水がちろちろと腰骨をつたっていく。

「立花さん! チビチビかけられると、よけい寒い! ていうか、心臓に悪い」

「心臓から離れたところからかけてますから大丈夫」

「そういう問題じゃなくて」

頭を出して、と立花が無慈悲に言った。

「髪を濡らします」

霧吹きを操作するたびに、頭皮に冷たい水が入り込む。毛根にまでしみとおるような冷たさに、再び会田は身をよじらせる。

「寒い、気持ち悪い！　こんな思いするなら、俺、滝に頭を突っ込む」

「それだと濡れすぎるんです。髪が頭に貼り付いたら格好良く撮れません」

立花が前髪をつかむと、少しずつ束にして、ひねるように濡らし始めた。

「立花さん、俺、ほんと、マジで寒いよ」

我慢、と立花が言い放った。

「テレビの収録だと思って我慢してください」

「そんなときは濡れ具合なんて気にしないって。格好良く撮らなくていいんだよ、笑いさえ取れれば」

「笑える写真が必要なら抑えますけど、ここはきれいに撮ったほうが絶対いい。僕の経験上」

経験上って、と言い返したら、鼻水がたれてきた。

「裸、撮ったことがないって言ってたじゃん！」

「思い出しました」

胸のあたりに立花が水をかけた。

ひい、と間抜けな声がのどからもれる。濡れた布地をつまんだり、肌にぴったりと貼り付けながら、立花がさらに水を足していく。

「撮ったことはないですが、撮られた経験は豊富にある。昔……川や滝や、たき火のそばで」

「ネイチャリング・シリーズで？」

「そうです」

「こんなふうに？」

「もっと念入りに」

三脚のもとに戻ると、立花がカメラをのぞいた。

「そのとき言われたんですけど、人の目を惹きつけるのは、ギャップであるという話です」

「ギャップ？　服屋の話じゃないよね」

全然違います、と、立花が何度かシャッターを切った。

「ずっと重装備で歩いている人間が、その装備を取り去って生身、つまり裸を見せたとき大きなギャップが生まれる。そこに人の目は惹きつけられるのだと。自然な露出という会田さんの言葉で思い出したんですけど、そういう意味では僕は毎回、露出していました」

立花が三脚からカメラをはずし、持ってきた。

「こんな感じです、どうですか？」

画像をのぞきこみ、会田は軽く息を漏らす。

濡れたTシャツごしに肌が透けて、腹筋が浮き上がっていた。それは裸よりも色っぽく、見ようによってはあらぬ妄想をかきたてられる。

「なんか……エロいぞ」

「いいじゃないですか。ここまでの写真はのどかなものばかりです。見ているみんながほのぼのとしていたところに、思わぬ色気が炸裂《さくれつ》する。そこにすごいギャップが生まれるはずで」

そうか、と会田は笑う。

「色気ね、忘れてたよ」

「四十代からのセクシーボディを出版予定なのに？」

「そうだった。それ、ちょっとタイトル違ってるけど」

立花が戻っていき、三脚にカメラを据え付けた。

「立花さん、あの話を真面目に考えてくれたの？」

「オファーが来るといいですね」

二パターンを撮ると言って、立花が三脚の位置を少しずらした。

「全身とバストアップで。ブログの内容は今日は湖で遊んで、源流のおいしい水を飲みにいき、ついでにきれいな水を浴びて生まれ変わった気分……なんて感じでどうですか？」

「いいね。生まれ変わったってところが特に」

立花がファインダーをのぞいた。

「セクシーに撮ります。笑いは抜きで」

はい、と素直に会田は答える。

水音にまじってシャッター音が響く。その音を聞いていたら、自分が本当に生まれ変わった心地がした。


乾いた服に着替えて、宮川と岡野が待つ小島に戻ると、宮川はあずきと木陰で昼寝をし、岡野はノートに何かを書いていた。戻ってきた立花に岡野が熱心にカヤックについての質問を始め、やがてそれは今日、習った技術の復習になった。

昼寝から起きてきた宮川がビデオカメラを回し始め、カヤックのそばで三人が話し始めた。

先生役の立花が言葉を探すようにしながら、解説をしている。

言うべきことはたくさんあるのだが、何から話していいのか迷っているようだ。

立花の声に、会田は耳を傾ける。

新しいことを始めても、誰も今を見ないで過去ばかりを見る。

それはなんて苦しいことだろう。

立花が何かを説明しようとして、考えこんでいる。

しようがないな……。

黒い眼鏡をかけ、会田は立ち上がる。立花と岡野に近づくと、宮川がビデオを止めた。

「宮さん、岡ちゃんファミリーに見てもらうなら、あずきをもっと効果的に使ったほうがいいんじゃない？」

忘れてた、と宮川が木陰を見た。

木の下で寝そべっているあずきを抱え上げ、会田は岡野の隣に腰掛けた。

「よし、立花先生に柴犬《シバケン》と会田健《アイダケン》も入門だ。なあ、あずき」

おお、と岡野が小さく声をもらした。

「眼鏡かけると、本当に会田健」

あずきを膝《ひざ》に乗せ、「ハイ、みんな注目」と会田は手を叩《たた》く。

「立花先生、あずきにこれまでのポイントをまとめて説明してください。気にかけることは五点でしたっけ。たくさんあるね。まず、何はさておき、一番は？」

「必ずライフジャケットをつけること」

「じゃあ二番目は何だろう。これはあずきパパに答えてもらおう」

テレビに出てるみたい、と岡野が笑うと、「ゴージャスだね」と宮川も笑った。

「俺も撮ってて楽しいよ」

立花に質問を投げかけて、その答えをまとめ、岡野からも言葉を引き出す。しだいに場が活気づいてきた。

自分は自ら何かを発して笑いを取るより、誰かと誰か、何かと何かを掛け合わせて場をなごませ、笑いを生むのが得意なのだと会田は思う。

仕事、したいな。

青空を見上げながら、素直に願った。

どんな形でもいいから、もう一度。

岡野の発言を受け、立花に投げた言葉が、大きな笑いを生んだ。

その笑いのなかで、ひそかに会田は思う。

人生に、敗者復活戦はあるのだろうか。


立花から写真のデータを受け取ると、さっそく会田はブログとフェイスブックの更新をした。冗談で言ったつもりが、宮川と瀬戸がツイッターで、会田健についてつぶやいてくれた。

それから二週間たつが、思ったほど閲覧数は増えない。

まあ、いいか、と会田は気を取り直す。

こつこつやろう。すぐに大きなカヌーに乗れなくても、まずは小さなところから始めて、可能性を探せばいい。

地方のテレビ局やラジオ局の知人に、挨拶まわりをすることに決め、会田は東京駅に向かう。グリーン車に乗りたいところを我慢して自由席に乗り込むと、電話がかかってきた。

後輩の芸人からだった。電話に出ると、インターネットを見たかと興奮した声がする。

「会田さん、ヤバイですよ」

「何が？」

「ネット見てください。超ヤバイ、超、超ヤバイことになってます、あ、すみません、もう行かなきゃ」

あとでまた電話すると言って、後輩が話を切り上げた。

何が起きたのかわからず、会田はスマートフォンでインターネットを見る。

その途端に取り落としそうになった。

たしかに、ネット上では凄いことになっていた。

# 羽化の夢

白菜と缶汁を切ったサバを、少量の酒と塩、マヨネーズで炒め、仕上げに胡椒。以前は粉末を使っていたが、ナカメシェアハウスに来てからは、キッチンにあったペッパーミルで挽き立ての胡椒をかけている。

背後から宮川《みやがわ》の声がした。

「ああ、いい匂い。ビールが進む」

出来上がった一皿を立花《たちばな》は宮川の前に置く。待ちきれないという顔で箸をのばした宮川が、深々と息を吐いた。

「うまい！　コウキさんは炒め物系に絶大のセンスを発揮するね」

「男の料理と炒め物は相性がいいんですよ。鉄のフライパンは女性には重いけど、僕らにはちょうどいい」

今日は互いに夜間のアルバイトが休みなので、家で飲むことになった。

宮川の向かいに座り、立花は缶ビールのタブを引く。小気味よい音とともに缶が開いたとき、美容サロンに来ていた会田健《あいだけん》が階段を降りてきた。

宮川が会田に向かい、発泡酒を軽く掲げる。

「おっ、健さん、終わったの？　男前に上がったじゃん」

まあね、と答えて、会田がダイニングキッチンに入ってきた。

「今日の眉毛は爽やか仕様だよ」

たしかに爽やかな印象の目元になっている。瀬戸《せと》の腕前に感心しながら、立花は会田の眉を見た。

施術する人々の顔立ちを考慮して、美容サロンで瀬戸が丁寧に整える眉毛は、一見さりげないが、男も女も目元の雰囲気が洗練され、それぞれの個性が眼差しに深くにじみでる。

瀬戸の話だと、男性の眉毛はとても大事で、この部分のラインひとつで、爽やか、誠実、男らしい、といったさまざまな印象が演出できるものらしい。

「健さん、ちょっと飲んでいかない？」

宮川が冷蔵庫から発泡酒を出した。

よかったら、つまみも、と立花も皿をすすめる。

炒め物？　と会田がテーブルの上を見た。

「おお、うまそうだ、ツナ？」

「サバです。サバ缶と白菜の炒め物」

「アウトドアっぽいというのか、貧乏学生のおかずっぽいというのか」

貧乏中年のつまみですよ、と言ったら、会田が笑って隣に座った。

「じゃあ俺も一口、加わるか。しかし、やだね、年を取るのって」

「いきなり何を言い出すの」

宮川が小皿と箸を会田の前に置く。

だってさ、と会田が頭頂部を触った。

「なんだか、最近、ここが薄くなってきたような気がするのよ」

そお？　と宮川が会田の頭を見る。

「言われてみれば、そんな気がしないでもないけど……なんで急に」

瀬戸のサロンにはたくさんの鏡があるのだが、そのなかの一枚に映った自分の頭頂部が気になって仕方がないと会田が嘆いた。

「瀬戸っちに聞いてみたら？」

「聞いたよ。そしたら、この間と変わらないって。でも、俺たち、知り合って一ヶ月ちょっとだからね。瀬戸ちゃん、その前の俺を知らないわけだからさ」

白菜に箸をのばした会田が、「立花さんは大丈夫そうだね」と立花の頭に目をやった。

そうでもないんです、と立花は頭に手を伸ばす。

「最近、朝起きると、枕に抜け毛が……」

「生え替わってるんじゃね？　冬毛に」

「健さん、タヌキじゃないんだから」

「タヌキって、生え替わるんですか？」

いや、犬も猫も生え替わるけど、と宮川が答えて、「コウキさん」としみじみと言った。

「そこじゃないでしょ、あなたが気にするのは。タヌキの毛より、頭の毛よ」

宮川が「わかった」とうなずき、さらに続けた。

「今度さ、育毛メシで動画を一本作ろう。俺がしっかりリサーチしてくるから」

ああ、いいね、と会田が身を乗り出した。

「うまいモン食って、アンチエイジングしようよ」

食事ですか、と立花はつぶやく。たしかに身体の変化は最近、気になるが、調べてみたところ、加齢によるホルモンのバランスの変化が影響しているらしい。そんな精妙な物質の変化によるものなら、おそらく抗《あらが》っても仕方がない。

「僕は極端なことを言うと、サバ缶と白菜があれば満足して生きていけるので、食事にはあまり興味がなく……」

白菜がない時期はどうすんの、と会田が聞いた。

「キャベツがあります。春夏はキャベツで、秋冬は白菜。どちらも無いときはネギ」

俺、だんだんわかってきたよ、と宮川が発泡酒を飲んだ。

「どんだけイケメンでも淡泊な男って、モテないんだね。ストイックと言えばカッコイイけど、キャベツと白菜があれば生きていけますって、あなた、ウサギじゃないんだから」

「サバ缶も……」

ネコちゃんか！　と宮川が四本目の発泡酒を開けた。

「肉、食べようよ、ね、コウキさん。そんで、みんなで若返ろ。女子とがっつこうよ、ギラギラしたお肉。そうだ、今度、合コンしよう、焼き肉合コン」

誰と、どこで、と聞いたら、瀬戸がキッチンに入ってきた。

おつかれ、と宮川が声をかけた。

「ねえ、瀬戸っち、誰かいない？　おじさんたちと合コンしてくれる女子」

いません、と暗い顔で瀬戸が冷蔵庫からビールを出した。

「みんな、結婚しちゃって。お茶する友だちも最近はいません……」

不景気な話だね、と会田が言い、「まあ、座りなよ」と向かいの席をすすめた。

「座りなよ、って健さん、ここは瀬戸っちの家でもあるんだから」

「ああ、そうだね、忘れてた」

「その、家ですけど」

瀬戸が、宮川の隣に座った。

「来年の二月末には契約解除って。皆さん、どうするんですか。ここを出ていって」

ナカメシェアハウスは家賃が格安だが、その契約条件として、時期は確定できないが立ち退《の》きの可能性があり、その際には立ち退き料なしで、速やかに部屋を明け渡すことと言われている。

この土地のオーナーは売却を希望しているのだが、旗竿地《はたざおち》と呼ばれる形状なので、思うような売価がつかないらしい。そこで不動産屋によれば、日本経済が上向くまで「塩漬け」にするつもりらしいので、おそらくここ数年、立ち退きはないだろうという話だった。

ところが十一月に入ってすぐ、立ち退きの話が不動産屋から伝えられた。売却が決まりそうなので、三ヶ月後の二月末をめどに退去してほしいという。

立ち退きね……と宮川が言った。

「日本経済が上向くまで大丈夫って、不動産屋に言われたけど、景気が上向いたってことかな？」

さあ、と答えたら、宮川が「ま、いっか」と頭を掻《か》いた。

「それよりさ、瀬戸っちの美容サロン、せっかく軌道に乗ってきたのにね。コウキさんだって、どうすんの、スタジオ？」

そうですね、と言ったきり、立花は黙る。

この家でサロンやスタジオが持てたのは、宮川のおかげだ。

シェアハウスの共用部分の清掃はそれまで専門業者が月に二回行っていたのだが、宮川は清掃は自分たちが請け負うので、その代わりに美容サロンと写真スタジオに使う部屋を安く貸してほしいと不動産屋に交渉し、最終的には空いている部屋を一部屋二千五百円という値段で借りられることになった。

　住まいとスタジオを合わせて三万二千五百円という都心としては破格値で二部屋が借りられたから、これまではアルバイトで生活ができた。しかしこの家を出ていくことになると、これまでの二倍、三倍の家賃を覚悟しなくてはいけない。

　瀬戸に目をやると、彼女も考えこんでいる。

　美容サロンは撮影のメイクを瀬戸に頼むとき、メイクルームとしても機能しており、彼女の丁寧な説明とメイクの仕上がりは評判が良い。

　宮川が「ナカメシェアハウス」というフェイスブックを立ち上げ、美容サロンと写真スタジオの集客を同時に行ったこともあって、今では撮影の折には連携して仕事をすることが増えてきた。

　いろいろな試行錯誤をしてきて、おぼろげながら仕事の形が決まってきたのに、再び振り出しに戻ってしまう。そう思うと徒労感が先立ち、情けないことに次へとすぐに気持ちを切り替えることができない。

　今後のことはまだ考えている最中だと伝えると、瀬戸があおるようにしてビールを飲んで、宮川を見た。

「宮川さんは、どうするの？」

　俺？　と宮川が自分を指さした。

「俺はコウキさんや瀬戸っちみたいな腕はないからさ。ここで暮らしてる分には、二人のマネジメントとアルバイトと、たりない分はおふくろが遺してくれたもの、少しずつ取り崩していけば、あと一年ぐらいはやれるかと思ったけど」

宮川が室内を見回した。

「もう少し、ここにいたかったな。でも、ありがたいことに誘ってくれる会社があってね。BSの番組を作ってるところなんだけど、そこへもぐりこもうかと。最近、空いてる時間はチョコチョコ顔を出してるのよ、健さんと一緒に」

「俺もさ、復活のきざしが見えてきたし」

眉毛に軽く触れ、照れくさそうに会田が続けた。

「ここは宮さんに乗っかろうと思って、そこの事務所でお茶なんか淹れたりしてんのよ、新人みたいに」

俺は電話番ね、と宮川が笑うと、瀬戸がため息をついた。

「そうですか……あっ、ビール……。ビール、買ってこようかな」

立ち上がった瀬戸に、宮川が声をかけた。

「もう夜遅いよ。俺が買ってきてやろっか」

いいです、と瀬戸が首を横に振る。

「ついでにシャンプーとおやつも買ってくるから」

瀬戸に続いて会田が立ち上がった。

「じゃあ、俺もボチボチ、ランニングがてら帰ろうかな」

中野《なかの》にある自宅まで走るのかと聞くと、「走るよ」と会田が軽く足踏みをした。

「今、デブったら、メシの食い上げだからね。瀬戸ちゃん、途中まで一緒に行こっか」

走りたくない、と瀬戸が答えてキッチンを出ていった。

「コンビニまでは歩いていくって」

瀬戸に声をかけ、会田があとを追っていく。

玄関のドアが閉まる音がすると、宮川が五本目の発泡酒を開けた。

「瀬戸っちは、コウキさんと一緒に仕事したいんだね」

仕事よりも、この場所に流れる空気から離れがたいのではないか。長年、シェアハウスとして機能してきたせいだろうか。この家のキッチンには人が集まってきたくなる雰囲気が漂っている。

白菜の炒め物に箸をのばした宮川が、時間はあるかと聞いてきた。

「時間ですか？　今日はもう風呂に入って寝るだけです」

「それなら、見せたいものがあるから、ちょっとうちに来ない？」

「見せたいものって、なんですか」

たいしたもんじゃないけど、と宮川が照れくさそうな顔をした。

「コウキさん、インターネットが嫌いだから、俺と岡ちゃんが作ってる動画、まったく見てないでしょ。動画配信について少し相談したいこともあるから、よかったら来てよ」

「動画配信、ですか」

大学時代の友人、岡野《おかの》はインターネットの動画サイトなどを持つ、IT企業に勤めているのだが、最近、宮川と会田と組んで、コンテンツと呼ばれる、短い映像作品を作っている。少なからず、それには自分も絡んでいた。仕方なく、立花は腰を上げる。

写真だけではなく、最近は世の中の何もかもがデジタルに変換され、驚くような速さですべてが進んでいく。

知らない世界が次々と立ち現れると、そのたびに自分はアナログ時代の人間だと痛感する。そしてレンズにカビを生《は》やしてしまった、かつての愛機のことを思い出す。

ずっとしまい込んでいたあのカメラを出したのは、ちょうど昨年の今頃だった。

宮川が早く部屋に来いというように、手招きをしている。明るいその表情を見ていたら、クリスマスツリーの前で、宮川と彼の母の静枝《しずえ》を撮影した日を思い出した。

あのときも、自分の行き先に迷っていた。

一年たった今、再び迷い始めている。

キッチンの脇にある宮川の部屋に足を踏み入れて、立花は驚いた。

春先に引っ越してきたとき、六畳のこの和室には布団と大きなスーツケースしか置かれていなかった。他の荷物はレンタル倉庫に預けてあると言っていた。

しかし今は窓際の文机《ふづくえ》にはパソコンと大型のモニターが設置され、敷きっぱなしと思われる布団の枕元には薄型のラップトップのパソコンが置かれている。そのまわりにはアウトドアに関する雑誌や本などがうずたかく積んであった。

ごめんよ、と宮川が言って、掛け布団ごと敷き布団を二つに折り畳んで、スペースを作った。

「あまりきれいにしてないんだけど、でっかいモニターで見た方が面白いかと思って」

「ずいぶんいろいろ読んでいるんですね」

いやあ、と宮川が照れくさそうに笑って、座布団を出した。

「アウトドアのことって興味はあっても、何も知らなかったから、まずは勉強って思ってね。……それよりさ、見せたいってのはこれこれ。今度ウェブにアップするコンテンツ」

宮川の隣に座ってモニターを見ると、動画が始まった。

カメラのシャッターの効果音がした。続いて真っ赤に色づいた森のなかで、老夫婦が微笑《ほほえ》んでいる写真が出た。

その写真に『ウェブのアイダ　アウトドア撮影隊の巻』という文字が重なっている。そのあとすぐに『あずきともみじとハイキング』というタイトルが出て、音楽が流れてきた。

音楽が終わると、子犬のあずきを連れた会田健と老夫婦が、山道を歩き始めた。三人を至近距離で撮っている映像から、遠目に撮った映像に切り替わると、ハイキング中の夫妻の写真を撮っている立花が映っている。

他人のように、映像のなかの自分を見た。

老けたな、と思う。

やがて三人は見晴らしのよいところで休憩を取り、その時間を利用して、これからハイキングを始めたいと思っている中高年への軽い講義のコーナーが始まった。

立花先生と呼ばれて、会田の質問に自分が答えている。あずきは会田の隣にちょこんと座って、足で耳を掻いていた。

モニターに映っている動画は、まるでテレビ番組を見ているかのような安定感がある。素《しろ》人《うと》が作ったものにはとても見えないな、と考えたあと、宮川はかつてテレビ番組の制作に携わり、岡野は大手のIT企業で働いていることを思い出した。

二人とも決して素人ではない。そして会田にいたっては……。

先月、ウェブ上で起きた、会田の言葉を借りれば「ニンジャフィーバー」のことを立花は思い出す。

芸人の会田健のオファーを受け、長野県の湖でロケをして、鍛えた身体をセクシーに見せる写真を撮ったが、会田のブログに掲載しても当初は反響があまりなかった。

ところが数日後、あの撮影のときに、ペットのあずきを連れていた岡野が、愛犬の姿を編集した動画を『泳ぐ柴犬』というタイトルをつけて、自社の動画サイトに投稿したところ、風向きが変わってきた。

その映像は会田に抱かれていたあずきの頭にとんぼが止まったところから始まる。あずきが頭を振ると、とんぼは宙に浮かび、湖に向かって飛んでいった。それを追って、あずきが会田の腕から飛び降り、あとを追っていく。

とんぼが湖上にさしかかると、犬用のライフジャケットを着けたあずきも、そのまま湖に入って器用に泳ぎだした。あわてて皆で追いかけ、会田が水に入ってあずきをつかまえた。

子犬がとんぼを追って泳いでいく愛らしい姿は、犬好きの心をとらえたようだ。なかでも柴犬は近年「ジャパニーズ・シバイヌ」と呼ばれ、海外でも注目を集めているらしく、米国の犬好きが集まるサイトで、「ものすごく可愛いジャパニーズ・シバイヌの動画を見つけた」と紹介された。そのとたん、世界中から驚くほどの数の閲覧者が動画サイトに殺到した。

そのうち、あずきを保護したあと濡れた服を脱いで絞った会田の裸体が「シバイヌ救出の男の身体がニンジャのようにセクシーだ」と反響を呼び、やがてその話題が日本の検索サイトで、『シバイヌとニンジャ男』というタイトルで取り上げられるところとなった。

すぐにニンジャ男の正体は会田健だとわかり、一躍、会田のブログも注目を浴び始めた。長野で撮ったさりげない露出の写真は、好意的な驚きをもって受け止められ、会田にはフィットネス関係の取材のオファーが何本か来ているそうだ。

その反響を受け、あのとき湖で撮影したカヌーの動画に、新映像を加えたものが、岡野と宮川の手で編集された。それを『あずきと学ぶカヌー入門』というタイトルで、英語の字幕付きでウェブで公開したところ、再び多くの閲覧者数を得た。

閲覧者の感想を見ていくと、柴犬の魅力もあるが、それ以上に日本の美しい自然と、決して若くはない男たちが、不器用ながらも楽しそうにアウトドア・スポーツを始めようとしている姿が好感を呼んだようだ。

そうした声に手応えを感じたのか、岡野から提案がきた。

これほどに人々の心をつかむのなら、会田健を中心にして、こうした動画の作品を撮り、定期的にウェブで世界に配信してみてはどうかという。

海外では自分たちが作った動画の配信で、莫大な収入をあげている人々もいるそうだ。当面、人気が出るまでは無料配信をしていくが、システムが整えば有料配信にする方法を探ってもいいし、もしかしたら、これを機会に大きなビジネスチャンスがめぐってくるかもしれない、と岡野は言う。

その話に会田はたいそう乗り気になり、自分が司会をして現場をまわすから、『あずきと学ぶカヌー入門』のような野外活動に関する作品をナカメシェアハウスで作ろうと声をかけてきた。

コンセプトは『史上最高に素敵な私』。カヌー、ハイキング、釣り、たき火、アウトドア・クッキングなど、依頼者が体験したかった野外活動を、『立花先生』と『アウトドア撮影隊』のサポートで楽しむ様子を動画で紹介し、最後には、自分史上最高に素敵な姿をおさめたフォトブックをプレゼントするという企画だ。

会田を応援したい気持ちはある。会田と宮川と岡野が、写真の仕事の宣伝活動の一つとして、この企画にフォトブック制作を加えてくれたのもわかる。ただ映像の仕事には、もう関わりたくない。

ところが断りの連絡を入れたその日、宅配便の仕分けの仕事を終えて営業所を出ると、夜明け前の薄暗いなかで会田が待っていた。フォトグラファー兼アウトドアの講師として、どうしてもこの企画に参加してほしいのだという。

敗者復活戦に力を貸してくださいと、思いのこもった言葉とともに頭を下げられたら、断りきれなくなった。

話が決まると、それからあとの制作ペースは速かった。

ニンジャ男とあずきの印象が薄れぬうちに、まずは立て続けにコンテンツを配信したいと、制作担当の宮川と岡野は意気込んでいた。その努力が実り、先月にスタートした『ウェブのアイダ』の配信は現在、四本の作品がリリースされている。

動画を映しているモニターから、カメラのシャッター音がした。もの思いから戻って、立花はモニターを真剣に見る。

『ウェブのアイダ』はエンディングにさしかかり、この日、撮影したベストショットを紹介していた。目の前のモニターには、黄金色に輝く木々が取り囲むなか、仲睦まじく寄り添う老夫婦を撮った一枚が出ている。彼らにとって「史上最高に素敵」かどうかは自信がないが、かなり満足できる一枚だ。

いいね、と宮川が目を細めた。

「コウキさんの写真は、見てると気持ちがホンワカしてくるな」

映像に英語の字幕を付けたら、来週末に配信すると宮川が言い、動画を終了させた。

「英語の字幕……今回も奥さん、いや元奥さんが？」

それね、と宮川が恥ずかしそうな顔になった。

「菜々子が忙しいっていうんで、また真里恵さんに頼んだ」

「翻訳料、一本五千円というのが安いのか妥当なのか僕にはわかりませんが、よく引き受けてくれましたね」

「お金じゃないみたいよ。翻訳、というところに、自分の名前が出るのがすごく嬉しいんだってさ。でも別れた女房と打ち合わせをしてると、変な気分だね。昔、好きだった香水なんかつけてこられると、妙にドキドキする」

「元奥さんもドキドキしてるんでしょうか」

「どうだろう。でもおしゃれして打ち合わせには来る」

女ってわかんないね、と宮川が深いため息をついた。

「まあ、いいや。それでね、コウキさん。岡ちゃんとも話していたんだけど、アウトドアだけではなく、ほかにも分野を広げてみたらどうかと思って」

「どこに広げるんですか？」

「実はこの回が、すごく人気があってさ」

宮川がパソコンを操作すると、横綱に昇進した関取が掲げるように、二つの鯛焼きを両手で持った会田健の写真が現れた。

続いて『ウェブのアイダ　たいやき放浪記の巻』とタイトルが出た。

それは撮影依頼者のキャンセルで予定していた動画が撮れなくなったため、宮川の発案で急遽《きゅうきょ》、会田の大好物の鯛焼きを求めて、都内の鯛焼き屋をめぐり、延々と鯛焼きと会田の写真を撮り続けた企画だった。

それのどこが面白いのだろうか。

不審に思いながら、立花は動画を見る。すると始まって数秒たたないうちに、会田と立花が交わす会話に、合いの手や突っ込みを入れている日本語と英語のテロップが出て笑ってしまった。

隣で宮川も笑い、この回は海外からのアクセスが特に多いと言った。感想欄を見てみると、たしかに英文のものにはさまざまな国名が表示されている。

「どうしてでしょう。鯛焼きが珍しかったんですかね」

「俺もそう思ったんだけど、岡ちゃんが言うに、都内の景色がいろいろ出てるのもよかったらしいよ」

宮川が動画のいくつかのシーンをモニターに出した。

「ほら、スカイツリーとか浅草寺《せんそうじ》とか、あと公園とか、おしゃれな建物のイルミネーションとか？　それが海外の人には興味深かったみたい」

「何を面白がってくれるのか、わからないものですね」

だよね、と宮川がうなずいた。

「でも鉱脈を掘り当てた気がする。だから何回かに一回は海外を意識して、日本の今を紹介するものがあってもいいかもねって話してた」

「そう言われても、何もパッと浮かびませんが」

俺も、と宮川がパソコンを操作した。

「だけどせっかくインターネットという世界を相手にできるシステムを使うんだからさ、国内ばっかに目を向けないで、海外の閲覧者も巻きこんで、楽しませることも意識していくといいと思うんだよ。ほら……見て」

宮川が閲覧者の感想欄を指差した。

「ここなんて……タチバナセンセイ、スキ、だって。ブラジルの人だね」

その感想はローマ字で書かれた日本語のあと、二十年前の『ネイチャリング・シリーズ』も見たと英語で書いてあり、いつか自分の町にも撮影に来てほしいとあった。

「どこであのシリーズを見たんでしょう？」

「さあ……でも、今、タチバナってアルファベットで検索すると、ネットに結構上がるんだよ、ネイチャリング・シリーズの映像が。権利の関係ですぐに消されるけど」

自分が考えている以上に話が広がってきて、立花は戸惑う。禁煙中だが、急に煙草が吸いたくなってきた。

仕方なくポケットからのど飴を出すと、のどが痛いのかと宮川が心配そうな顔をした。

「煙草代わりです。一個、どうですか？」

「カリン味は俺、苦手だなあ」

「レモン味もありますが」

初恋の味だ、と宮川が手を出し、「三十年前の味だね」と言った。

「僕は四十年前です。保育園の先生が初恋の人ですから」

四十年、と宮川がつぶやき、「そりゃ、毛も抜けるわ」と笑った。

しかしすぐに笑いを引っ込めて、今度は真面目な顔になった。

「それからもう一つ俺、コウキさんに話が……これは相談ではないんだけど。この前の件」

「『あの人は今』の話？」

「そういうタイトルじゃないんだけどね、まあ、そういう話か」

言いづらそうな顔をして、宮川が軽く視線を下に向けた。

宮川が就職を希望している衛星放送の番組の制作会社では、バブル時代に活躍していた人々が今、どんな暮らしをして、あの時代をどう思っているかについて、検証する企画が持ち上がっている。

先週、宮川がその話をして、取材を依頼する候補に立花の名前が挙がっていると言っていた。

お断りします、と言ったら、自分もそう思ったから、たぶん無理だと伝えておいたと笑っていた。

あの話……、と宮川が言いづらそうな顔になった。

「今、巻島《まきしま》さんが候補に挙がっていて」

思い出したくない名前に、思わず飴を噛《か》み砕いた。

巻島雅人《まさと》はあの時代、まさにカリスマ的な、神がかった魅力を放つ人物だった。彼が関わったものはすべてが大きな熱狂の渦を生んだ、ある意味、負け知らずの男だ。畑違いの不動産投資の世界で手ひどく負けを喫するまでは。

宮川が居心地悪そうに座り直した。

いいんじゃないですか、と立花は口を開く。

「たしかに巻島さんはあの時代の象徴みたいなものだし」

「そうなんだけど……話はまた複雑で。担当者が探し当てて連絡してみたら、あの巻島さんが妙に明るくて、取材の話にノリノリなんだって。家に来てもいいよとか言ってるらしい。でも、あの人、そんな人じゃないでしょ」

「絶対、そんな人じゃないです」

黒ずくめの服に、サングラスをかけていた巻島の姿がありありと浮かぶ。あの頃、巻島は自宅を知られるのをひどく嫌っていて、都内に数軒の邸宅を持っていたうえ、年間を通して有名ホテルのスイートルームを押さえ、たびたび利用していた。

「その人、本物ですか？」

「たぶん本人だと思うよ。一つだけ条件を付けてきて……タチバナ・コウキがレポーター役をするなり、打ち合わせに来るなりしてくれたら、取材に応じるって」

「どういう条件ですか、それ」

どのツラさげて、という言葉を立花は呑《の》みこむ。

やっぱ、おかしいよね、と宮川が声をひそめた。

「おかしいですよ。何を思って、僕を呼ぶんです？」

さあ、と宮川が首をかしげた。

「わかんないな。ただあの時代に一番、ブイブイ言わせてた人物だから、巻島さんが出てくれたら、たしかに話題にはなるけど……」

あの人、と言ったら、「巻島さん？」と宮川が聞き直した。

「あの人、どうしてるんですか？　宮川さんと初めて会ったとき、言ってませんでしたっけ。矢澤《やざわ》……」

その名を口にすると、今度は胸が締め付けられるような思いがした。

「……麗子《れいこ》と、結婚して、仕事にも復帰したって」

あっ、ごめん、と宮川が軽く頭を下げた。

「あれはね、ガセ。いっときそういう噂が出たけど、巻島さん、ずっと実家にいるらしいよ」

「実家ってどこなんですか？」

「どこだろう？　でも、聞いたら流れで、いやおうなくコウキさんも巻きこまれるよ。ごめん、忘れて。俺が言ったこと」

軽く手を合わせた宮川の顔を立花は見る。初対面の折は、ずいぶん日焼けしていたが、今は肌の色も落ち着いている。

今年の三月に宮川は会社を辞めている。それが師走《しわす》になろうかという今も、次の職場が決まっていない。ナカメシェアハウスの雑用を一手に引き受け、美容サロンや写真スタジオの集客に励んでくれたせいだ。

巻島をキャスティングできたら、宮川の立場は良くなり、就職も決まるのだろうか。

こんなこと言うのもなんだけど、と宮川が腕を組んだ。

「コウキさんと話してるうちに、やっぱおかしいと思ってきた。陽気でノリノリな巻島雅人なんて、絶対何かある」

そうかもしれないし、そうではないかもしれない。故郷での暮らしが充実して、幸せなのかもしれない。

不意に、二十代の終わり、自己破産をするか、死んで詫《わ》びるかを考えながら、巻島が持っていたマンションの屋上に立ったことを思い出した。

階下から吹き上げてくる風の強さに目を細めたら、このままぶたを閉じて、身体を前に傾ければ楽になれると感じた。でも後ろ手につかんだ柵を、どうしても離すことができなかった。

コウキさん、と宮川が頭を下げた。

「ごめん、もっとよく考えてから言えばよかった」

「大丈夫です。飴……もう一個どうですか」

差し出された手に飴を一粒置いて、立花は腰を上げる。

自室へと階段を上がりながら、巻島は今、どうしているのかと考えた。性格が変わったのと同じように、風貌も変わったのだろうか。

そんな思いにとらわれていた二日後、非通知の番号から携帯電話に連絡が来た。

巻島だった。

どこでこの番号を知ったのかと聞くと「蛇《じゃ》の道は蛇というやつですよ」とやさしげな声がした。

なぜ会いに来ないのか、と聞かれて、どうして会わなければいけないのかと聞き返した。

それならいいけど、と電話の向こうでかすかに笑う気配がする。

「会いに来たら、得をする人物が身近にいるんじゃないのか」

返事に困っていると、いつでも歓迎するという意味合いのことを言って、電話は切られた。

そのあとすぐにショートメールで連絡先が送られてきた。住所は福岡県で、あまり馴染《なじ》みがない市の名前が書かれていた。

巻島からの連絡を最初は無視するつもりでいた。しかし宮川の事情を知っているのが気にかかる。そもそも、どうして今になって巻島が会いたがるのか、理由がわからない。結局、連絡が来てからの二日間、そのことばかりが頭に浮かんでしまった。そこで夜のアルバイトが休みの今日、なかば衝動的に午前九時過ぎ発の新幹線に乗り、博多《はかた》へ向かった。

自由席で眠り続けて五時間近くたつと、新幹線は関門《かんもん》海峡を越えて九州に入っていた。博多駅に到着したので、巻島に電話をかけてみる。たいして驚く様子もなく、巻島は電車の路線名を教え、最寄り駅に到着する時間帯はバスが出ていないので、駅からはタクシーを使うようにと指示をした。

会いに来るのを当然と思っているような口調に苛立《いらだ》った。しかし巻島の声は穏やかで、苛立ちを見せたら、こちらの負けという気もする。

勝ち負けじゃないんだけど……。

苦々しい思いで、立花は郊外へ向かう電車に乗り込む。しかし挑発に乗って、ここまで来た時点で、おそらくすでに負けている。

走り始めた電車のなかで、購入したばかりのスマートフォンで巻島のプロフィールを検索した。

彼は今、いくつになるのだろうか。

大学の卒業年度から考えると、自分より十六、七歳年上のはずだが、学生時代に海外を放浪していて留年したと言っていたから、もっと年上なのかもしれない。そうだとしたら還暦を超えている。

インターネット上の百科事典でプロフィールを見ると、今も巻島の年齢は非公開で出生地は九州ではなくアメリカになっていた。そのサイトによると、巻島が破産して表舞台から去った理由はメディア関連の合弁企業を海外で立ち上げ、そこに多額の資金をつぎ込みすぎたからと書かれていた。

当時、聞いていた事情とはずいぶん違う。

あの頃は不動産関連の投資に失敗したと説明されていた。そして自分のなかでの巻島はスタイリッシュな音楽や映画などのイベントや飲食店、アパレル関係などのプロデューサーというイメージで、世界的な大事業を展開しようとしていた企業家の印象は薄い。そのほとんどがバブルの時代をなつかしむものだ。

続けて巻島雅人で検索した結果を見ると、いくつかのブログが出てきた。その『薔薇《ばら》と酒の日々』というタイトルと、『アラフィフ男の懐古録』という言葉に惹かれ、そのブログをのぞいてみる。

そこに書かれている文章は辛辣《しんらつ》だが、巻島がプロデュースした一連の作品を高く評価しており、先鋭的でありながら、万人にも好まれる絶妙のバランスを取ることができたのは、後にも先にも巻島雅人だけとあった。

しかしそんな巻島の転落は、顔とカラダしか取り柄がない『芸NO』な輩《やから》をフォトグラファーやミュージシャンに仕立てて芸能界に送り込み、ごり押しで大ヒットさせたあたりから始まると分析されていた。

それによって神のごとき万能感を得た巻島は、本来の自分の力量を見誤って転落したのだという。このフォトグラファーとは、まぎれもなくタチバナ・コウキのことだ。

顔とカラダしか取り柄がない『芸ＮＯ』な輩。

見知らぬ人に突然罵倒《ばとう》された驚きと腹立たしさに、立花はスマホをデイパックに突っ込む。だから、インターネットは嫌いだ。

それでも今、見たブログのことが気にかかり、目を閉じる。

このブログの書き手は自分とほぼ同年代だ。二十代の頃は今も鮮やかに思い出せるのに、歳月は確実に流れており、四十歳を過ぎた今、身体も体力も確実に変化してきている。

それなのに、巻島の声は昔とまるで変わっていなかった。

電車が目的の駅に停まったので、デイパックを背にして立花はホームへ降りる。

東京を出たときは朝日が照っていたが、十五時を過ぎた今、日差しは黄色みを帯び、あたりには早くも夕方の気配が漂っている。

タクシーが走り出すと、すぐに窓の外には田畑が広がった。何も植えられていない畑の先には遠く山の連なりが見える。

巻島は故郷や家族のことを語ったことがない。しかし宮川によると、この町で巻島は育ったらしい。都会育ちのように感じていたが、彼もまた自分と同じく、地方の町の風景を見て育ったのだと思うと、奇妙な近しさを感じ、そんな自分に戸惑った。

車はブロック塀に囲まれた一軒家の前に停まった。コンクリートブロックを積み上げただけの塀の上には有刺鉄線が張ってあり、まるで要塞《ようさい》のような造りだ。

タクシーから降り、立花は門のインターフォンを押す。やわらかい男の声がして、入ってくるようにと言った。

敷地に入ると、芝生を敷き詰めた広い庭があり、建物の玄関に向かってたくさんの飛び石が置かれていた。黄色く枯れた芝のなか、八個目の飛び石まで歩いたとき、玄関の戸が開いた。

現れた人物を見て、息を呑んだ。

銀色の髪の男が、作務衣《さむえ》を着て立っている。色白の肌はビニールのように滑らかで、皺《しわ》がほとんど無い。作りものめいた肌と髪だが、その面差しは巻島に違いなかった。

巻島に通された応接間は窓の内側に障子が入った和洋折衷《せっちゅう》の座敷だった。畳にはペルシャ絨毯《じゅうたん》が敷かれ、その上に黒革のソファとガラスのテーブルの応接セットが置かれている。

ソファに座り、立花はそっと座面の革に触れてみる。

スチールパイプの枠に革製の背もたれや座面を入れ込んだそのソファは、矢澤麗子と三年ほど暮らした家のリビングルームにも置いていた。たしかル・コルビュジエという建築家がデザインした、グラン・コンフォールと呼ばれるソファだ。

向かいに座っている巻島を見る。

高額なソファのことなど、今となっては何の役にも立たない知識だが、巻島は今、金に困っているわけではないようだ。

どうした？　と巻島がソファの肘掛けに肘を当て、足を組んだ。

「何か言いたそうだね、立花」

巻島がやわらかく微笑んでいる。目をこらして探せばまぶたのくぼみ具合に加齢感があるが、一見ではやはり昔と変わらない。

こちらの出方をうかがうような眼差しを振り払いたくて、とりあえず口を開いた。

「お元気そうで」

「そちらもね」

「その髪は、一体……」

これかい？　と言って、巻島が金属めいた色の髪に触れた。

「白髪が黄ばんできたから染めた。悪くはないだろう？　しかし……立花は老けたね」

「いろいろありましたから」

「そうだろうね」

巻島が軽く庭の方角を見た。天気の話でもしているかのようだ。飄々《ひょうひょう》としたその様子に、今は何をしているのかとたずねると、コンサルタント系の仕事をしていると返事が戻ってきた。

「その髪で、ですか？」

「ウィッグがあるんだ。最近のウィッグは実によくできている」

「コンサルタント系の仕事というのは、なんですか？」

なんでも屋だと、巻島が言い、少し考えたあと言い添えた。

「不動産絡みが多いかな。八年前に相続したアパートやマンションの経営だとか、それから繁華街の駅近くの駐輪場や駐車場。親族が持っていたものを一手に引き受けて管理しているわけだよ」

血縁のお情けにすがって生きているわけだね、と巻島が笑った。

そのわりにはふてぶてしい笑顔だ。

「この家も？」

「立花はそんなに詮索好きだったかな」

「警戒しているだけです」

何もしないよ、と巻島が言い、管理している家の一つだと言った。

「何か飲むかい？　ミチカ！」

ふすまが開き、長い髪の美少女が廊下に膝《ひざ》をついていた。年の頃は十六、七歳。切りそろえた前髪の下から大きな瞳がのぞいている。

ミチカと呼ばれたその少女に巻島がお茶を頼んだ。何も言わずに一礼して、少女が去っていった。

「何か聞きたそうだね」

「お嬢さんですか？」

「よその家のね」

巻島がふすまを見ながら言う。少女に聞こえないように気遣っている様子だ。

「ニカの娘だよ。覚えている？　仁科真智子《にしなまちこ》」

仁科真智子というのは巻島が『タチバナ・コウキ』の次にプロデュースした人物で、苗字をもじった『ニカ』という芸名でフレンチ・ポップス風の歌を歌っていた。

元々は巻島が関わっていたアパレルブランドのショップスタッフをしていて、たしか自分より二つ年下だ。舌足らずな歌い方と、フランス風の小粋な着こなしが人気を呼んだが、二年ほど活動したあと、人気絶頂のなかで青年実業家と電撃結婚して引退してしまった。

「ニカさん、あんな大きなお子さんがいるんですか？」

「あれは妹で、もっと年上の子がいるよ」

「ニカさんは今……」

「南フランスにいる。娘が二人いるんだけど、器量のいい妹で一稼ぎして、軌道にのったら日本に帰りたいそうだ。それで僕が預かって、日本語やボーカルのレッスンを受けさせてるところ」

記憶のなかのニカは、ボーダー柄のTシャツと赤い口紅が印象的な、ボーイッシュな美少女というイメージしかない。

あのほっそりとした女の子が母親になり、年頃の娘が二人もいる。歳月の流れを感じた。

応接間のふすまが開き、ニカの娘がお茶を持って入ってきた。

路上の路に花と書いて、路花《みちか》という名だと巻島に紹介され、迷いながらも立ち上がり、立花は名刺を差し出す。

名刺を受け取った路花が、不思議そうな顔で見上げた。微笑んでいるような口角がニカにそっくりな娘だ。

路花が戸惑った顔で視線をそらした。それから無言でお茶を置き、去っていった。

巻島が声をたてずに笑っている。

「この人がタチバナ・コウキ？　という顔をしていたね」

「どういう意味ですか？」

「そのままだよ。日本語の勉強で見ている映像のなかに、ネイチャリング・シリーズがあるから。おじさんになった立花を見て驚いたのかもね」

「普通に考えれば母親と同じ年代だとわかりそうなものでしょう。それにタチバナ・コウキと僕とは違います」

寂しいことを言うね、と、巻島が茶に手を伸ばした。

「それより……すごいね、君。全額返済したんだって？　どうやって返したの？」

「売れるものはすべて売り払って。あとは働いて返しました」

すごいじゃないか、と巻島が繰り返した。

「本でも書いてみたら？　立花の総負債額を聞いたら、たいていの人は借金苦と言っても、自分のほうがまだましと思うだろう」

「他人事《ひとごと》のように言うんですね」

「他人事だからさ」

ソファから腰を浮かせかけ、立花は抑える。

帰りたい。しかしここで物別れになったら、巻島は宮川が再就職を希望している会社絡みのオファーを断るかもしれない。

「相変わらず、立花は情に弱いね」

ソファの背にもたれ、巻島が探るような目で見た。

「お友だちのために自己犠牲の精神を発揮中？　だから、負債を抱えて、十数年も返済する羽目になったんだ」

「僕が作った負債じゃないでしょう」

「連帯保証人の判を押した時点で一蓮托生《いちれんたくしょう》、僕のものは君のもの。でもね、あれがうまくいってたら、君は一生働かなくてもよいほどのリターンがあったんだよ。賭けに負けただけじゃないか」

「自覚して賭けたわけじゃない。勝手に僕を保証人にして」

「説明はしただろう。勝手に君の印鑑を使ったわけではないよ」

たしかに二十年前、巻島が行う投資に関する説明を受けた。しかし良い話が多くて、リスクのことにはあまり触れられなかった。

何よりもスーツを着た年配の人々に囲まれ、次々と説明を受けるなかで、リスクに対して詳細な話を求めるほど世慣れていなかったし、何を質問したらいいのかもわからなかった。

「あなたが……巻島さんが、あんなリゾート開発に、あんな額の投資をしなかったら」

「どこにどれだけ資金を投入していたか、そのあたりの金の流れをまったく把握していなかった君が悪い」

巻島が軽く身を乗り出し、のぞきこむように目を見つめてきた。

「あのときはあれが正解だと思ったんだよ。まさかあんな詐欺《さぎ》まがいの話だとは思わなかったし、あれほど日本の経済が急に冷え込むとも思わなかった」

一つの堰《せき》が崩れて、と巻島が目の前で優雅に手を振った。堰が崩れたという手振りのようだ。

「それから連鎖して。最初はさざ波だったのが、僕らのところに来たときは大波になっていた」

「歌詞ですか？　そんな言葉を聞きにきたわけじゃないですよ」

「では何のために来た」

巻島が再びソファの背にもたれた。

何のためにって……と聞き返して、立花は黙る。

「昔、僕は君に言っただろう。自己破産をしろと。ちゃんと専門家をやって説明させたはずだ」

「自己破産したって負債は消えない。僕が逃げても、結局最後には誰かがそれをかぶるんでしょう」

「そいつも破産という制度を利用すればいい」

巻島が茶を一口飲むと、ガラステーブルに戻し、中央にある小さな蓋物《ふたもの》の蓋を開けた。なかには飴が入っていた。個別包装の袋にはタイ語が印刷されている。食べるか、というように、巻島が飴をよこした。

黙って首を横に振ると、巻島が手にした飴を口に運んだ。

「納得できないって顔をしているね」

「それはそうでしょう」

「制度を利用する、しないは個人の自由だよ。あのときあの場に連なっていた奴らは大きなリスクを覚悟で、うまい話に乗った。君は若くて未熟で無自覚だったかもしれないけど」

巻島の口が動くと、甘い香りがしてきた。人工的なその匂いに、立花は顔をしかめる。

一蓮托生、と、巻島がつぶやいた。

「あのときは蓮の船に皆で乗ったわけだ。その船が転覆したなら、それぞれが各自の才覚で浮き上がればいい。僕が救命艇から浮き輪を投げたのに、それを使ったら他人が使えなくなるからって、君は十数年かけて自力で陸を目指して泳いでいっただけだ」

「もう、いい。やめてください」

もう、いいですから、と続けて言ったら、懇願するような響きになった。言ったことを引っ込めたくなるような思いで、巻島の目を見ると、微笑みかけられた。

「立花は自分が負債を受け入れたことで、誰かが救われたかもしれない、なんて思ってないかい？」

「思わないでも……ないです」

「そいつらは別に何の感謝もしていないし、そのあと有意義な人生を送ったかというとそうでもない。似たような詐欺話に性懲りもなく乗って、なかには死んだ奴もいる。君の犠牲も頑張りも、何の役にも立たなかったわけだよ」

「もういいです」

「俺のせいで誰かが泣かずにすんだと思うのは、いい気分だろうね。そして僕は立花に負債を押しつけて、逃げたわけだが」

まったく後悔をしていない、と巻島が冷めた口調で言う。

「返済で何十年も人生を棒に振るなら、新生活でやりなおしたほうが、社会にも貢献できる」

巻島が軽く息を継ぎ、再び口を開いた。

「男気があると言われたかったかい？　責任感があると思われたかった？　タチバナ・コウキは破産したんだと後ろ指さされて生きていくのが怖かったんじゃないか？」

「ただ単に、借金を踏み倒すのがいやだっただけだ」

「そういう性格だからこうなった。僕のせいでも時代のせいでもない。今の君の境遇は全部、自分で選びとったものだ」

立ち上がり、巻島の肩を両手でつかんだ。

殴ってみろよ、と面白がっているような声がした。

「でも君は殴らない。殴る技量があってもできない。情に弱いからね」

殴れよ、と巻島が小声で言った。

「気が晴れる。殴れ、立花」

立花と呼んだ声のあたたかさに、思わず肩から手を離した。

若さと夢以外は何も持ち合わせていなかった自分に道を開き、写真の師にも引き合わせてくれたのはこの人だ。

馬鹿だね、と巻島が作務衣の衿元《えりもと》を直した。

「そういう奴だから十数年を棒に振り、棒に振りながらも、わざわざ僕に会いに来る。それなのに殴ることもできず、家に帰ってから悩む。どうして俺は殴れなかったんだろう、と」

うつむいて顔を手で覆ったら、「やめろ」と声がもれた。

「図星だろう、立花」

「やめてください」

怖い。あらためて、この人が怖い。

顔を上げると、巻島と目が合った。肌も唇も瑞々《みずみず》しいなか、加齢でくぼんだ目が黒々と光っている。

馬鹿だな、と巻島が繰り返し、テーブルの下から何かを出した。

オレンジ色の革ケースに入った、タブレットＰＣだった。

「そういう奴だから、みんな、最高に格好良く撮りたい。格好良い映像を作りたいと思ったんだ」

液晶に触れた巻島の指先から、『ネイチャリング・シリーズ』の動画が流れ出した。

「みんな、立花に夢中になった」

巻島が動画に目を落とす。画面にはたき火のそばでスタッフが談笑している姿が映っていた。編集前の映像のようだ。

「崖も登れば、カヌーもたくみに操る。大きな手でパドルも握れば、小さなナイフで器用に料理も作る。風景をとらえてカメラのシャッターを押せば、撮った写真はどこかやさしく、なつかしい。地味で控えめな青年が、大自然のなかにいると、その身に秘めた生きる力が猛烈に輝いて見えた」

買いかぶりすぎだと立花はその言葉を聞く。

どうして今、こんな話を始めたのか。その思惑が読めずに黙っていると、「それなのに」と巻島が言葉を続けた。

「本人は自分の力に無自覚だ」

巻島がタブレットの画面に軽く触れると、ナレーションが聞こえてきた。

「気持ちをあおるナレーションも音楽も、みんな立花という男の熱に煽《あお》られてできたスタイルなのに」

動画を止めると、巻島が視線を向けた。楽なんだろうね、と小さな声がした。

「楽って、どういうことですか」

「この映像は本当の自分じゃない。まわりに作られた虚像だと思うのは」

「実際、そうですから」

「そう思うと逃げられるからね。謙虚なようでいてまるで違う。自分を小さく見積もって、卑屈《ひくつ》になっているだけだ」

怖いんだろう、と赤ん坊をあやすように言うと、巻島が口元に薄笑いを浮かべた。

「本当の自分を知ったら、相手ががっかりするのではないか。それが怖くて、いつも卑屈に予防線を張る。誰かに好意を向けられても、すぐに去っていくのではないかと思って、深入りをしない。それなのにまた同じことをしようとしている」

「言っている意味がよくわからないんですが」

巻島がタブレットの液晶に再び触れると、ナカメシェアハウスが配信している動画が出てきた。

紅葉のなか、老夫婦と会田健がゆっくりと山を登っている。

「一緒だよ、立花が今、関わっている動画は。『ネイチャリング・シリーズ』とコンセプトは同じ。美しい景色のなかで、ひたむきに何かをする人物を撮る。かつては撮られていた立花浩樹が、今度は撮る側にまわっただけのことだ」

そんなふうに自分たちが作っているものを見たことはない。巻島が動画を見ていたことも意外だった。

「面白いな。やっていることはゆるいのに。英語の字幕を入れて、世界を巻き込もうとする野心があって」

「自分たちが楽しいことをやっている、その延長です」

「……というふうに思わせつつ、しっかりとプロデュースしている人物がいるだろう。違うかい？」

「いますけど……」

その人物の就職がかかっているのだとも言えず、立花は巻島を見る。

禍福《かふく》はあざなえる縄のごとし、と巻島がつぶやいた。

「芋虫のときと羽化したときと。地べたを這いつくばったあとには、羽化して飛ぶ時期が必ず来る。だけど変化を怖がっていると、サナギのままで腐って終わりだ。この動画の企画は今、羽化を待つサナギだね」

「それが何か」

だからさ、と巻島が笑った。

「利用すればいい。お茶の間なんて言葉は死語だが、テレビの影響力はまだ大きい。インタビュアーをやりなよ」

「どうして僕が？」

「カットされないように上手に話を振るから、この動画配信のことを伝えて、テレビの視聴者を誘導してしまえばいい。大きく羽化するには、まずは閲覧数を増やすのが大事だろう」

やりなよ、と面白そうに巻島が笑って足を組み直した。

「しっかり協力するよ。あの巻島雅人が因果応報、バブルのツケがまわって、こんなに貧乏になりましたっていうのがいいのか、それとも未だにバブルの夢再び、田舎でぎらついていますというのがいいのか。どちらを求められているのか知らないが、仕込みはうまくやる」

「どうして……そんなことを？」

質問に答えず、巻島がタブレットPCの電源を落とした。

「立花がやらないなら、ニカと娘を聞き手にブッキングしてほしい。でも僕は立花がいい。この動画配信が面白いことになったら、アパートの管理をしながら、楽しく見させてもらえるからね」

「僕はこの話は受けられません。トークは苦手だし、あなたを前にして、心穏やかにあの時期を振り返るなんて、とてもできそうにない」

そうか、と巻島がうなずいた。

「でもニカさんとお嬢さんの件は伝えておきます。今回のオファーを受けてくれますか？」

承知した、と巻島がうなずいた。

「契約成立だね。そろそろお帰り。タクシーを呼ばせるから」

巻島が立ち上がり、部屋を出ていった。

ソファの背にもたれ、立花は目を閉じる。

帰れと言われてよかった。これ以上、ここにいたら、この人に魂を抜かれてしまう。


巻島が住む町から博多駅に戻ると十八時を回っていた。

移動するのに疲れてしまい、立花は駅近くのビジネスホテルに宿を取る。

コンビニで弁当を買ってきて食べたあと、タブレットPCでメールをチェックした。電源を落とそうとしたとき、ふと『ネイチャリング・シリーズ』と検索をしてみる。シリーズの最終回が動画サイトにあがっていた。

ためらいながらも、閲覧してみる。二十代の自分の顔の幼さに戸惑った。そしてニカの娘のことを思った。

あんな大きな娘がいるのかと驚いたが、それは独身だから驚いたのだ。家庭を持っている同年代の人々の子どもたちは、ほとんどが十代半ばから二十代にさしかかっている。若い頃の自分に似てきた息子や娘を見るとき、みんな、どんな気持ちになるのだろう。

何もないな、と思いながら、二十代の自分が密林を歩いている姿を眺めた。

妻も子どもも恋人もいない。この頃も何もなかったが、今も同じだ。

それでも道なき道をがむしゃらに歩いていく若者と、その心情を情熱的に描写するナレーションにひきこまれて、見入ってしまった。

この回は夜明け近くに、カヌーで湖へ漕ぎだす光景で終わる。『ネイチャリング・シリーズ』のロケは今回でおそらく最後だとスタッフの誰もが思っており、この撮影はそれまで以上に力がこもっていた。

最後のシーンが始まり、息を呑んで立花は映像を見る。

カヌーが進むにつれ、パドルが作る鋭利な航跡が船尾から広がっていく。水に描かれた大きなクリスマスツリーのようだ。

ゆっくりと空に夜明けの光が満ちていく。やがて水面《みなも》は朝日を反射して、あたりはまぶしいほどの光に包まれた。

そのなかを青年はひたすら彼方《かなた》をめざして漕いでいく。

小さくなっていくうしろ姿に、彼はこの先どこへ行くのだろうと考え、その瞬間、「ここにいる」と感じた。

あれから二十年近い歳月を漕ぎ続けて、今、ここにいる。

功を成しとげたわけでも、家庭を持ったわけでもなく。人に誇れることはないけれど、それでも今、ここに生きている。

テーマ音楽が静かに流れ出し、『タチバナ・コウキ』という名前が出た。続いて、スタッフの名前が映画のエンドロールのように流れ始めた。

あのときは自分のことで精一杯だった。でも、今見ると、この映像を作った人々がどれほど心を砕いて仕事をしていたのかよくわかる。映像にはタチバナ・コウキしか映っていないが、その背後にはどれほど多くの人々の思いと労力がこめられていたのだろうか。

浮かんでは消える人々の名前を見ていたら、彼らの顔を思い出した。

ずっとこの頃の自分を認められずにいた。

しかしこの作品のタチバナ・コウキを否定するのは、ともに働いたこの人たちも否定することになるのだ。

あの頃の自分は何を望んでいたのだろう。そして今は、何を欲しているのか。

二十代の頃と変わらぬ答えが浮かんできた。その他愛なさに、少しだけ涙がにじんだ。

どこへ行くのだろう。

行き先はわからないけれど、今、ここにいる。

そして願えばきっと、どこにでも行ける。


博多のホテルでチェックアウトぎりぎりの時間まで眠って東京に帰ると、夕方になっていた。昨夜から考えていたことがあり、立花は東京駅から宮川に電話をする。

今日は六本木《ろっぽんぎ》にある制作会社に宮川は出かけているはずだ。電話に出た宮川に、近くまで行くので時間があったら会えないかと聞くと、そろそろ帰ろうとしていたところだという。そこで六本木ヒルズのカフェで待ち合わせをすることにした。ところが予定よりずいぶん早く着いてしまった。

宮川に指定されたカフェの場所を確認したあと、立花はゆっくりとビル内を散策する。東京に来てから川や山などにはよく撮影に行ったが、六本木ヒルズに来たのは初めてだ。あと二週間で十二月ということもあり、広場にはクリスマス関連の品物を売るマーケットが立っていた。そのなかのひとつに、チョコレートショップがあるのを見て、立花は足を止める。

去年、母の見舞いに持っていったものとよく似た、メッセージを書いて郵送できる板チョコレートがあった。

パチンコ屋の景品交換所に並んでいたときも目をひいたが、こうして東京のまんなかのクリスマス・マーケットで売られていると、たいそう美しく幸せそうなパッケージだ。

瀬戸と宮川に福岡みやげとして豚骨ラーメンを買ってきたが、瀬戸は喜ばない気がして、立花はチョコレートを手に取る。しかし女性にだけチョコレートを渡すのも下心がありそうで、宮川の分も買った。

会計を終えたとき、軽く肩を叩かれた。

「コウキさん、スタバにいるかと思って、急いできたのに。どうしたの、そのチョコ」

おみやげです、と渡すと、「どこの？」と聞いた。

「どこのって……おみやげの追加です」

「追加？」

「こっちは博多ラーメン。家で渡します」

紙袋に入ったラーメンを指で示すと、「それなら今、もらうよ」と宮川が手を伸ばした。

「コーヒーでも飲みながらと思ったけど、いっそ飯でも食いにいく？」

「早すぎて、店が開いてないんじゃないですか」

宮川が時計を見た。少しずつ日は暮れかけているが、まだ十六時過ぎだ。

「それなら店が開くまで、ちょっと高いところにでも上がってみよっか？」

このビルの最上階、五十二階には展望台があり、その上にはオープンエアの展望施設があるのだと宮川が笑った。

「俺、展望台に上がったことはあるんだけど、てっぺんには行ったことないのよ。コウキさん、高いところが好きでしょ」

「好きですね」

「だよねえ、わざわざ山を登って見に行くぐらいだから」

それは少し違うと思ったが、興味をそそられ、二人でエレベータの入口へ向かった。

屋上からの私物の落下を防ぐため、屋外の展望施設へ行くには、カメラと携帯電話以外は、コインロッカーに預けなくてはいけないらしい。仕方なく荷物を指定のロッカーにおさめてエレベータに乗り、最上階で降りる。そこから金網に囲まれた通路や階段を上がっていくと、ビルの屋上に出た。

中央にはヘリポートを示すマークが大きく描かれており、まわりには板敷きの散歩道が作られている。

本当に屋上なんですね、と言うと、隣で宮川がうなずいた。

「むちゃくちゃ野外だ。見てよ、空が近い。しかし……結構、風があるね」

宮川がダウンコートのファスナーを首まで引き上げた。

「そのせいですかね。人があまりいませんよ」

「カップルはこんな吹きっさらしに長居はしないのかもな」

観光客らしい家族連れが現れて、歓声を上げた。指を差している方角を見ると、東京タワーが間近に見える。

宮川がゆっくりと歩き出した。

「それで、どうだったの、コウキさん。巻島さんは」

「髪が……メタリックな銀色になっていました」

銀色？　と宮川があきれている。

「吸血鬼みたいだな。さもなきゃヴィジュアル系のバンドマンだ」

「それに作務衣を合わせていました」

「落ち着いているのか、浮ついてるのか、さっぱりわかんないなあ」

「僕は終始、押されっぱなしで……」

宮川が気の毒そうな顔をした。

「そんな格好で出てこられちゃね。遠目にしか見たことないけど、巻島さんて生き物で分類したらヘビ科だよね」

「そう言われると、僕は蛇ににらまれた蛙《かえる》だったのかも。いい年して、昔と一緒。完全に萎縮《いしゅく》してました」

仕方ないでしょう、と宮川がなぐさめるように言う。

「ある意味、あの人、コウキさんにとっちゃ学校の先生と一緒よ。こんな大人になっても、先生は先生なんだから」

思わず笑ったら、気持ちが軽くなってきた。

この人は、いい人だ。

そう思いながら、立花は東京タワーを眺める。

「僕は……宮川さんのことがずっとまぶしくて煙たく思ってました。立派な会社で活躍して、家庭を持って、東京に家を建てて、娘さんも育て上げて……。うちの母親も言っていた。同じ町で育って、同じ大学へ行って、どうしてこうも違うのかって。大学の同級生の岡野君を見ても思う。家庭、充実した仕事、落ち着いた暮らし。みんなが普通に持っているものを、僕は何も手にできないでいる。それをずっと何かのせいにしてました」

何かのせいにって？　と不思議そうに宮川が聞く。

「返済が大変だったからとか……。でもよく考えてみたら、東京から田舎に帰ったとき、僕は何も欲してなかったんです。もう人と関わりたくない、静かに暮らしたいと思うばかりで」

俺、深い事情は知らないけどね、と宮川が景色に背を向け、座り込んだ。

「信頼してる人たちに裏切られて、金の絡みでゴタゴタしたら、誰だって心がひきこもると思うよ」

「でも、また、こうして東京に出てきた。それで……考えました。自分は心底、何を欲していたのかを」

「何だったの？」

「見たことがない風景を見たい。それを記録して、誰かに伝えたい。ただそれだけ。そう思って写真を撮り始めて、探検部に入ったんです。そこで巻島さんに出会った。二十年近くたった今もやっぱり同じ。見たことがない風景を見たい」

考えてみれば、と立花は笑う。

「家庭を持ちたいとも、安定した暮らしをしたいとも、僕はそれほど望んだことがなかったんです。だから何もなくていい。これでいいんだ。そう思いました。それがわかったとき、こうして写真の仕事に戻れて嬉しいと思った。……僕は宮川さんにこれまできちんとお礼を言ったことがない。今まで、ありがとうございました」

いやいや、と宮川が軽く手を振った。

「そんな……罪滅ぼしっていうの？　俺、コウキさんに初めて会ったとき、ずいぶん失礼なことを言ったからさ」

手すりに背を預けて、宮川の隣に立花も座る。

せっかく展望台に来たのに、そうしていると目に入ってくるのはヘリポートと広い空だけだ。

コウキさん、と宮川の声がした。

「俺ね、技術的なことって、わからないんだよ。でもコウキさんが撮ったおふくろの写真に救われた」

自分は母親を捨てたのだと宮川がつぶやいた。

「身体が不自由なおふくろ、施設に預けっぱなしで。年始におふくろが風邪をこじらせて死んだとき、俺ね、ハワイで女房の両親とゴルフをして、ビールを飲んでた」

軽く鼻をすすって、宮川が言葉を続けた。

「東京に家を建てたって言ってもさ、女房の実家の敷地に建ってて。養子じゃないけど、養子みたいなもの」

初めてコウキさんに会ったときは、と宮川が小さく笑った。

「入院中のおふくろがコウキさんのことをほめるから、むかついててさ。素敵な写真家さんのお母さんと同室で、その写真家が毎日毎日、ちっちゃなお見舞いを持って病院に来るんだって、おふくろがコウキさんのことを電話で話すたびに、見舞いに行けない自分をなじられてるみたいでさ。つらくて……。コウキさんにひどく当たった。いやだね、小さくて」

宮川がうつむくと、風で髪がわずかに吹き上がった。

「俺は自分だけ東京でいい思いをして。おふくろを故郷に置き去りにしたんだと思ってる。だけど、コウキさんが撮ったおふくろの写真、すごくいい顔でさ。幸せそうなんだ。ずっとあの写真ばっかり見てたから、今の俺のなかで、おふくろはいつもあの顔で笑ってる」

宮川が顔を両手でおおった。

「宮川さんのお母さんは、幸せそうでしたよ」

嘘つけ、と子どものように宮川が言った。

「そんなわけ、ないよ」

「お孫さんの話をいつも楽しそうにしていて、家族の写真をまわりに置いていた。施設で撮影したときも、この町から離れたくないと言ったら、息子が一生懸命、探してこんな良いところを見つけてくれたって。宮川さんの話をするとき、お母様はいい顔をする」

　宮川が顔を上げた。

　黙っている横顔に、立花は言葉を続ける。

「写真のあの笑顔を引きだしたのは、宮川さんです。僕はその一瞬を記録して伝えただけ」

　宮川さん、と立花は呼びかける。

「見たことがない景色は日常のなかにもある。それを記録して伝える喜びを、僕はこの一年かけて知りました。誰かと出会って話をして、そこから何かが生まれて。それを記録して、また誰かに伝える。そういう仕事をこれからも続けていきたい。僕と組んでくれませんか」

　えっ？　と宮川がこちらを見た。

「ナカメシェアハウスは消えますが、続けませんか。僕はタレントとしては中途半端で、写真家としても実績がなく……正直、自分の立ち位置がまだ作れないでいるんですけど、一緒に仕事をしてくれると嬉しいです」

　お願いします、と頭を下げたら、「いや、そんな……」と宮川がつぶやいた。

「何言ってるんだよ、コウキさん。そんなの今さら」

　再就職が決まったのだろうか。

　宮川が立ち上がり、軽くパンツの尻を手ではたいた。あわてて立花も立ち上がる。

「すみません……。なかなかふんぎりがつかなくて」

何を今さら、と風のなかで宮川が笑った。それから姿勢を正すと、深く頭を下げた。

「こちらこそ、よろしくお願いします」

頭を上げた宮川がポケットからスマートフォンを出した。

「不動産屋に連絡しとかなきゃ……。実はね、気になる物件があってさ。お客さん用の駐車場もあるところ。あっ、瀬戸っちにもメール……」

「瀬戸さんには連絡しました。それから会田さんにも話をしようかと」

「平均年齢、高い集団だ」

宮川が手すりをつかんで街を見下ろした。

変だね、と声がする。

「リストラされて、女房に愛想尽かされて、日銭稼いで暮らしているのに、何だろうね、ワクワクしている。学校帰りに秘密基地に集まって、何か作ろうぜって言ってる気分」

見たことがない景色、と宮川の声に力がこもった。

「見に行こうじゃない、コウキさん」

宮川の隣に並び、立花も東京を見下ろす。

首都高速の照明灯が一斉にともり、黄昏《たそがれ》のなか、ネオンサインが瞬《またた》き始めた。この場所は今、昼と夜の境目にある。

スカイツリーが見えると宮川が指さした。

「東京タワーもライトアップしましたよ」

「すごいな、ここ。新旧、二つのタワーが見えるんだね」

眼下の宵闇に浮かび上がるタワーを立花は眺める。タチバナ・コウキとして東京にいた頃、このビルは建設中で、スカイツリーはまだ建っていなかった。

いろいろ遠回りをしてきたけれど――。

今だからこそ見える景色が、ここにある。


福岡のおみやげとともに、メッセージを書いて郵送できるチョコレートを瀬戸に贈ると、可愛いと喜ばれた。宮川は動画の英訳を急いで作ってくれたお礼を書いて、真里恵に郵送したらしい。すると二週間後に真里恵から手作りのクリスマス・リースが届いた。赤い木の実や松ぼっくりで飾られた、たいそう大きなリングだ。

十二月上旬の夕方、立花が宮川とそのリースを玄関に飾っていると、二階から瀬戸と中年の女性が降りてきた。

「あれ、佐山《さやま》さん、おひさ」

「ちょくちょく来ているんですよ、瀬戸さんのサロンに」

薔薇の生け垣の前で、佐山の撮影をしたことを立花は思い出す。あのときよりも佐山は肌も髪もつやめいて、とてもきれいだ。

ややや、と宮川がおどけている。

「なんだか、すごくきれいになったね。佐山さん。いいことあったでしょ」

おかげさまで、と佐山が軽く頭を下げた。その隣で瀬戸が微笑んでいる。

「佐山さん、クリスマスは海外なんですって。素敵な彼と」

「海外の人とご縁ができたので」

国際的だねえ、と宮川が言ったあと、真顔になった。

「もしかして、佐山さんも英語が得意?」

それがあまり、と佐山が恥ずかしそうな顔をした。

「秋から英会話スクールに通ってるんですけど……。でも彼が日本語を勉強してくれて……何カ国語か話せる人なんですけど、そういう人って言葉を覚えるのが早いんですね」

なつかしい思いで、立花は相づちを打つ。別れた恋人、矢澤麗子もそうだった。

「ひとつの言語を覚えると、同じ要領で他の国の言葉を覚えられるという話を聞いたことがあります。僕は英語で挫折しましたが」

「俺なんて、最近ものわすれがひどくて。日本語もあやしい」

佐山が微笑んだ。

「立花さん、今度、また撮影をお願いできますか」

いつでもどうぞ、と言ったら、佐山が深く一礼して、玄関を出ていった。

佐山を見送りながら、麗子はどうしているのだろうと立花は考える。結局、巻島にも聞けなかったが、以前ほど胸が焦げ付く思いがしない。

リースを飾り終えたあとは、暮れの挨拶を送る作業に取りかかった。

瀬戸と真里恵に贈ったチョコレートが好評だったので、今年一年の感謝と、ナカメシェアハウスが来年に場所を移転するという知らせもかね、クリスマスのチョコレートを歳暮として関係者に送ることにした。新しいスタジオ兼美容サロンの場所も決まり、年明けには引っ越しの準備を始める予定だ。

会田も手伝いにきたので、ナカメシェアハウスのダイニングキッチンにみんなで集まり、歳暮を送る作業をした。

今夜は岡野の仕事が終わったら、『ウェブのアイダ』の忘年会として、みんなで飲む予定だ。その岡野がまだ社から出られそうにないという連絡が来たので、宮川が発泡酒を配った。

「岡ちゃんには悪いけど、じゃあちょっぴり飲んじゃおう。単純作業は飲みながらやると楽しいよ」

たしかにね、と会田が言いながら、宛名を印刷したシールを箱に貼った。

「でも俺の分はもう終わるよ。宮さん、少しよこしな。手伝ってやるよ」

「いや、俺のほうより、瀬戸っちのほうの切手貼りを」

了解、と会田が瀬戸に手をのばした。

「じゃあ瀬戸ちゃん、切手ちょうだい」

仲いいですね、と瀬戸が切手のシートを会田に渡した。

「仲がいいって、瀬戸ちゃんと俺が？　それとも宮さんと俺？」

いやいや、と宮川が笑って手を振った。

「瀬戸っち、俺たち、そういう仲じゃないからね。ボーイズラブみたいな」

あきれた顔で瀬戸が作業の手を止めた。

「どこにボーイがいるんですか」

ここだよ、と会田が軽く自分の胸を叩く。

「瀬戸ちゃん、男はね、誰しも心のなかに永遠の少年がいるんだよ」

「アホですか？」

瀬戸が再び切手を貼り始めた。

「アホ……アホですかって聞かれたよ、立花さん」

「容赦ないですね」

ところでさ、と再び会田が瀬戸に声をかけた。

「瀬戸ちゃんは新しいところでも部屋をシェアするの？」

「今度は住むところは別にしようと思っていて。いっそ買おうかと悩んでるんです。古いワンルームマンションなんですけど、頭金が少なくても、買えそうな物件があって」

「そんなの買ったら結婚からいよいよ遠ざからない？」

「結婚したら賃貸にまわします」

あ、そう、と会田がうなずいた。

「しっかりしてるのね。よし、俺んちにお嫁においで」

「本当にアホですか」

会田が発泡酒を飲み、こちらを見た。

「本当にアホですかだって、立花さん」

「否めませんね……」

駄目だね、二人とも、と宮川が笑う。

「『オレたちひょうきん族』を見ていたテレビッ子はそこでめげずに『アホちゃいまんねん、パーでんねん』って返さなきゃ」

「パーデンネンを覚えている奴はいるのかな」

僕は覚えています、と言ったら、宮川と会田が笑い、瀬戸がスマホで検索を始めた。現れた画像を見て、小さく吹きだしている。

宛名のシールをチェックする手を止め、立花はダイニングキッチンを見回す。

この家が取り壊されるのは寂しいが、それがきっかけでまた新しい縁が生まれようとしている。

ところで、と会田が作業をしながら言った。

「巻島さんのあれ、不思議な番組だったね。俺、ニカにあんな大きな娘がいるのかと思って、そこにまず、びっくりした」

可愛い子だったよね、と宮川が相づちを打つ。

巻島をキャスティングした番組は当初、バブルの時代を検証するインタビューだと聞いていた。ところが放映された番組を見ると、ニカが歌手志望の娘に、自分がシンガーをしていた時代のことを伝えたいと、二人して巻島を訪ねていくドキュメンタリーになっていた。

二人を前にバブルの時代を語った巻島は、ウィッグをつけているのか年相応の白髪と作務衣姿で、ニカに近況を聞かれて、故郷のこの町でつつましく暮らしていると語っていた。

ところが最後に、駅まで送ると言って、二人をガレージに連れていくと、クラシックカーが三台止まっていた。車道楽だけは、やめられないのだという。そしてそのなかで一番派手な赤い車にニカと娘を乗せると、博多へ寿司でも食べにいこうと言って、泰然と車を走らせていった。

都落ちをしたのだと寂しげに語っていたわりに、真紅の車に美しい母娘を乗せて走り出す姿は楽しそうだった。

会田が腕を組み、不思議そうに首をかしげた。

「あれは結局、何の番組だったんだろう？　ニカの娘がやたら可愛かった。それ以外全然記憶に残ってない」

その巻島さんっていえば、と宮川が作業の手を休めた。

「入院しているらしいね」

「どこか悪いんですか？」

「若返りの整形手術じゃないかって噂。近々、ニカの娘さんを猛プッシュして、返り咲きをもくろんでるって話だよ」

そうですか、と答えたものの、そうではない気がした。

殴れ、立花、とささやいた声が忘れられない。

まるで過去の清算をしたがっているような口調だった。

「どうしたの、コウキさん？」

「本当に美容整形なのかなと思って」

「そうでなかったとしても、あの人はめったなことじゃ、くたばらないでしょ。いつでも人の予想の斜め上を行く人だから」

たしかにそうかもしれない。

宮川のスマートフォンが鳴った。

「あっ、岡ちゃんからメールだ。今、渋谷を出たって。みんな、今日は焼き肉でいいんだよね？　店に直接来てって、岡ちゃんに返事をしておくよ」

瀬戸がうなずき、会田が腰を上げた。

「じゃあ、俺らもボチボチ店に行きますか」

ちょっと待って、と宮川が言った。

「あの店、たしかクーポン券があった。同席の人全員、最初のビール一杯、タダって券」

宮川が冷蔵庫に貼ってあるクーポン券を手にした。

「あっ、期限が切れてる。ごめん……でも岡ちゃんが来る時間が読めたから、店に予約しておこうか」

クーポン券を見ながら電話をした宮川が、軽く顔をしかめた。

「あれ？　休みだって。あっ、水曜は定休日だ」

ごめん、みんな、と宮川が手を合わせた。

「今日は段取りが悪くて」

ＯＫです、と立花は笑う。

「ちょっと、ついてないだけ」

「そんな日もあるって、宮さん」

瀬戸がスマートフォンを操作し始めた。

「焼き肉屋さんなら、私、もう一軒、いい店を知っています」

たよりになるね、という宮川の声にうなずきながら、玄関を出ると、雪が降り出した。瀬戸を中央にはさんで、会田と宮川が歩いていく。デイパックを背にして、立花はそのあとをゆっくりと追った。

「メリークリスマス&ハッピーニューイヤー」と書かれたチョコレートを母に贈った日から約一年。メリークリスマスのあとには幸せな新年が来るのだと、あのとき母は励まし、東京へ送り出してくれた。

ポストの前に立ち止まり、立花はデイパックからチョコレートの箱を取り出す。

この一年の感謝を物に託すとしたら、照れくさいけれど、まず故郷の母へ贈りたい。

『今年もこれを贈ります』とだけ書いた通信欄が素っ気ないかと悩んだら、宮川の声がした。

「おーい、コウキさん、岡ちゃんがすごい酒を持ってきてくれるんだって」

「焼き肉屋の予約も取れたってさ」

「モバイル会員に登録したら、デザートのサービスが付きましたよ!」

早く、早く、とみんなが手招きしている。

「すぐに行きます」

三人が楽しそうに笑い、再び歩き出した。その笑顔を見て、『年末には帰ります　浩樹』と立花は急いで文字を付け足す。

投函しようとしてもう一度手を止め、また一文を書き添えた。

『追伸
ありがとう
ついてない時期は、抜けたようです』

# 解説

北上次郎《きたがみじろう》
（文芸評論家）

伊吹有喜は、第3回ポプラ社小説大賞の特別賞を受賞した「夏の終わりのトラヴィアータ」を『風待ちのひと』と改題し、2009年にデビューした。ポプラ社小説大賞は、齋藤《さいとう》智裕《ともひろ》『KAGEROU』が大賞を受賞した2010年の第5回が有名だが、内容的には2008年のこの第3回がすごい。大賞はなし、という年ではあったが、優秀賞が小野寺史宜《おのでらふみのり》『ロッカー』で、特別賞が伊吹有喜の前記の作品ともう一作、真藤順丈《しんどうじゅんじょう》『RANK』なのだ。さらに候補作の中には千早茜《ちはやあかね》の名もあるから、もしも出版史に残るとしたら第5回よりもこちらのほうだろう。

しかし私、偉《えら》そうに言えた義理ではない。第二作の『四十九日のレシピ』を読むまで伊吹有喜の名を知らなかったのだから、不勉強もはなはだしい。この『四十九日のレシピ』は大変面白く、というよりも感じ入るところの多い小説であった。七十一歳の妻乙美《おとみ》が亡くなったあとの生活を描く長編だが、まだその年にはほど遠い年齢だったのに、他人事《ひとごと》ではなく、身に染《し》みたのである。たとえば生きているときは「カバンが汚れる。いらない」と妻の差し出した弁当を邪険《じやけん》にしたくせに、死んでしまうと淋しくなる感情が巧《たく》みに描かれている。差し出した弁当を断ったのは、サンドイッチのソースが袋から染みだしていたからだが、たかがソースの染みぐらい、注意して持っていけばすむことだったのに、あれが最後の料理とわかっていれば、あんなにつれないことは言わなかったと、死んだ妻を思い出す老人の感情が、行間からどんどん立ち上がってくるのだ。

お断りしておくが、私、弁当を持って会社に行ったことなど一度もない。二十年間、会社に泊り込んでいて、帰宅するのは日曜の夕方だけ、という生活だったから、弁当とはまったくの無縁である。しかし、もしも良平《りようへい》（これがその老人の名前）のような状況に置かれたら、たまらないよなとページをめくる手が止まらないのである。亡くなった妻が四十九日間のレシピを残していて、それを持って若い娘が訪ねてきたり、浮気した夫に怒った娘が実家に帰ってきたりとか、他にもいろいろあるけれど、私にとっては「受け取らなかった弁当」の痛みがずっと残る小説であった。

そうか、伊吹有喜の作品が光文社文庫に入るのは初めて、ということにいま気がついたので、これまでの著作リスト（２０１８年８月現在）を書いておく。

①『風待ちのひと』２００９年６月
②『四十九日のレシピ』２０１０年２月
③『なでし子物語』２０１２年11月
④『ミッドナイト・バス』２０１４年１月
⑤『ＢＡＲ追分』２０１５年７月
⑥『オムライス日和　ＢＡＲ追分』２０１６年２月
⑦『今はちょっと、ついてないだけ』２０１６年３月
⑧『情熱のナポリタン　ＢＡＲ追分』２０１７年２月
⑨『カンパニー』２０１７年５月
⑩『地の星　なでし子物語』２０１７年９月
⑪『彼方の友へ』２０１７年11月
⑫『天の花　なでし子物語』２０１８年２月

③⑩⑫と続く「なでし子三部作」がまず素晴らしい。江戸の昔から山林業と養蚕《ようさん》業で栄えてきた山深い里を舞台にしたシリーズで、どうやら三部で終わらず続刊が出てくるようだ。まだ書かれていないことが多いので、たしかに三部は少なすぎる。全五部作は書くべきだと思う。

シリーズということなら、⑤⑥⑧と続く「BAR追分」シリーズもある。こちらは、昼は食事どころ、夜は本格的なバーになる新宿ねこみち横丁の店「追分」を中心にしたもので、さまざまな人間模様を器用に描いている。

しかししかし、この作者のうまさはむしろ単発作品、たとえば④『ミッドナイト・バス』や、⑨『カンパニー』のほうに表れている。前者は故郷の新潟で深夜バスの運転手をしている利一《としかず》を主人公にしたもので、東京まで走る日は、いま付き合っている志穂《しほ》の店で食事を取ってから店の二階で仮眠を取る習慣になっている。その志穂が珍しく新潟までやってきた日に利一が家に案内すると、東京で働いているはずの長男が布団の中にいる。えっ、どうしてお前がいるんだ、という場面からこの長編の幕があく。いや、本当は他にもいろいろあるのだが、整理するとそういうことになる。長女も何か悩んでいるようで、さらにそこに元妻も絡《から》んでくるから、話はどんどん広がっていく。

ちょっと話をひろげすぎじゃないの、ともし言う人がいたら（そんなことは気にすることはない、というのが私の意見だ。それは語りたいことがたくさんありすぎという作者の意欲の表出だと解したい）、そういう人には⑨『カンパニー』を読ませたい。この作品については、新刊時に次のように書いた。

「人生をやり直したい、と娘を連れて妻がある日突然、家を出る。何が起きたのか、製薬会社に勤める青柳誠一《あおやぎせいいち》47歳にはよくわからない。しかもバレエ団への出向を命じられるのだ。

とにかく丁寧に仕事をすることを第一義に考えてきた誠一は同期の中で昇進がもっとも遅い。家庭での会話も少なかった。そういう男が新しい職場で人生の第2幕を生き抜く知恵と力を学んでいく——という話になるのかなと思っていると、おやおや、そうはならない。彼が変わるのではなく、結果として周囲が変わっていく。これが本書の最大のキモ。誠一は、戦い、もがく大人たちを映す鏡なのだ。バレエの公演をめぐる後半の、たたみかける展開は圧巻だ」

新刊評を引用していたら、あのときの興奮が蘇《よみがえ》ってきた。ホントにこれは素晴らしかった。というわけで、9年間で12作。たいした冊数ではないので全冊読破することをすすめたい。しかし全部はちょっと、という人がいるかもしれないので、そういう人には本書『今はちょっと、ついてないだけ』をすすめたい。これは、小説宝石2014年1月号から翌年3月号まで隔月《かくげつ》で連載され、2016年3月に刊行された連作集だが、伊吹有喜の美点が全開の作品集となっているので、水先案内人としてはぴったりだ。

たとえば、「朝日が当たる場所」は宮川良和《みやがわよしかず》が死んだ母親を思い出すシーンから始まっている。会社をやめ、家庭にも居場所がなく、ただ過去を思い出すしかない日々の中で、彼は一枚の写真を見ている。それは、入院中の母を訪ねていったとき、居合わせたカメラマンが撮った自分の母の写真だ。母が落とした膝かけを拾い、かがんだまま車椅子の母に渡したのだが、自分がそのとき何を言ったのか、宮川良和は覚えていない。母が優しく微笑《ほほえ》んでいるその写真が、読み終えても残り続けるのは、この連作集の力というものだ。『ミッドナイト・バス』や『カンパニー』に通底する家族小説の核のようなものが、ここにはある。

　この連作集の中心にいるのは、立花浩樹《たちばなひろき》という写真家だ。ずいぶん昔、「ネイチャリング・シリーズ」という冒険番組がテレビで始まったとき、「ネイチャリング・フォトグラファーのタチバナ・コウキ」として一躍《いちやく》有名になった男。バブルがはじけて番組が終了し、カリスマ・プロデューサーが投資に失敗。その連帯保証人をしていたために巨額の負債を背負った男。自己破産せず、十五年かかってその借金を返済し、いまは静かに生活している男。この男を中心に、さまざまな人間が登場してくる。

　共通しているのは、みんな、行きづまっていること。夢もなく恋人もいないこと。人生に負けた男女だ。その人物造形が秀逸で、細部も鮮《あざ》やかなので、はたして敗者復活戦はあるのかどうか、気になって気になって、どんどん引き込まれていく。

　本書はそういう一冊だが、これを気にいったら、他の作品にも手を伸ばしていただけると嬉しい。いまでも十分に面白いが、この作家はもっともっと大きくなる作家だから、いまのうちに読んでおくことをおすすめしておきたい。

○初出
今はちょっと、ついてないだけ　「小説宝石」二〇一四年一月号
朝日が当たる場所　「小説宝石」二〇一四年三月号
薔薇色の伝言　「小説宝石」二〇一四年五月号
甘い果実　「小説宝石」二〇一四年七月号
ボーイズ・トーク　「小説宝石」二〇一四年九月号
テイク・フォー　「小説宝石」二〇一四年十一月号
羽化の夢　「小説宝石」二〇一五年一月号、三月号

○単行本　二〇一六年三月　光文社刊

光文社文庫

今《いま》はちょっと、ついてないだけ
著者　伊《い》吹《ぶき》有《ゆ》喜《き》

2018年11月20日　初版1刷発行
2020年9月10日　4刷発行

発行者　鈴木広和
印刷　堀内印刷
製本　ナショナル製本

発行所　株式会社　光文社
〒112-8011　東京都文京区音羽1-16-6
電話（03）5395-8149　編集部
8116　書籍販売部
8125　業務部


ISBN978-4-334-77746-3　Printed in Japan



組版　萩原印刷